# 代がわり

鎌倉河岸捕物控

佐伯泰英

時代小説文庫



角川春樹事務所

目次

# 代がわり

鎌倉河岸捕物控

# 第一話　巾着切り

## 一

亮吉《りょうきち》はむじな長屋の厠《かわや》にしゃがみ、うんうん唸《うな》っていた。

ことの発端は川越藩小姓組の静谷理《しずたに》一郎《いちろう》の女房春菜《はるな》から送られてきた菰包《こもづつみ》の甘藷《かんしょ》だった。

春菜はしほの従姉妹《いとこ》で旧姓は佐々木だ。

その春菜がしほに、いつになく豊作だった甘藷を送ってくれたのだ。

この甘藷、土地によって薩摩《さつま》芋《いも》、琉球芋《りゅうきゅういも》と呼び分けられた。薩摩には琉球から、その琉球には唐土《とうど》から渡ってきたので唐芋《からいも》とも呼ばれる。

享保二十年（一七三五）に青木《あおき》昆陽《こんよう》が『蕃藷考《ばんしょこう》』を著し、八代将軍吉宗の命もあって関東一円の普及に努めたので広く栽培されるようになっていた。さらに寛延四年（一七五一）、川越領内の名主《なぬし》吉田弥《よしだや》右衛門《えもん》が薩摩芋の試作に成功して、川越一帯に栽培が広まった。

寛政期（一七八九～一八〇一）に江戸に、

「八里半」

という行灯《あんどん》をかけた焼芋屋が現われると、栗《くり》（九里）より（四里）うまい、

「十三里」

と看板を掲げた新手の焼芋屋が姿を見せた。

この十三里、甘藷を名物に生産する川越城下が江戸からおよそ十三里あったことから川越産の薩摩芋の代名詞にもなっていた。

しほは、春菜から贈られた甘藷を鎌倉河岸の酒問屋の豊島屋《としまや》や金座裏の宗五郎《そうごろう》親分のところに配ることにした。

亮吉は町廻《まちまわ》りから金座裏に戻り、台所に見事な十三里が山積みされているのを見て、

「だれだい、薩摩芋なんぞを買い込んだのは。江戸っ子が芋や豆なんぞを食えるものか。こちとら御用聞きの手先だぜ、屁ふって町廻りが出来るか」

と啖呵《たんか》を切った。

「ほう、亮吉は、しほちゃんの従姉妹の春菜様がわざわざ川越から送ってこられた甘藷を口にしないというんだねえ」

とおみつに聞きとがめられ、

「えっ、買ったんじゃねえのか、お上さん」

と慌てたものの、

「亮吉様はさ、どんなに困ろうと生涯芋は食わねえよ」

と胸を張って宣言した。

「亮吉、川越の芋もおまえなんぞに食われたくないとさ。この甘藷がどう手が加えられようと食う気はないんだね」

「お上さんのお言葉だが、芋とは一生縁がねえ」

「ふうーん」

とおみつがなにか思案した。

おみつはしほと相談して、送られてきた甘藷をご飯に炊き込み、蒸《ふ》かしたり、煮たり、さらには焚《た》き火で焼いたりして出したが、亮吉はがんとして手をつけなかった。

おみつは最後に残り少なくなった甘藷を短冊形に切り、乾燥芋にして、胡麻《ごま》油で揚げ、それに胡麻と蜂蜜《はちみつ》を塗《まぶ》して、

「菓子」

に加工した。すると亮吉が、

「お上さん、それも芋で作ったのか」

と蜂蜜がかかった、飴《あめ》色の菓子に関心を示した。

「おまえは金輪際芋は食わないんだろ。物欲しそうな面を台所に覗《のぞ》かせるんじゃないよ」

とおみつに咎《とが》められ、常丸《つねまる》や若い手先たちが、

「舌がとろけるな」

「これが芋とも思えねえ」

と言い合うと堪《たま》らず、

「常丸兄い、おれにもくんな」

と我慢がし切れず言い出した。

「亮吉、お上さん、しほちゃんにまず断るのが先じゃないか」

と常丸に諭《さと》された亮吉が、

「お上さん、しほちゃん、真にすまねえ。おれにさ、ちっとばかり乾燥芋の揚げたやつを食わせてくんな」

「この腹わたなしが。芋が嫌いで一生涯食わないと啖呵を切ったのはどこのだれだ」

「お上さん、江戸っ子は、五月の空の吹流し腹わたなしだ。ええ坊さんもときに宗旨替えすらあな。飴色に光った色合いがなんとも美味《うま》そうだ」

「春菜様としほちゃんに謝りな」

「すまねえ、芋の悪口を言って悪かった」

と、そこには当然いない春菜にまで詫《わ》びた亮吉が急いで芋菓子を口にした。そして、しばらく口の中でこりこりと噛《か》んでいたが、

「芋がこんなに甘く変わるのか。胡麻油で揚げたところがなんとも香ばしいや」

と、これまでの芋嫌いを一気に取り返すように食べ始めた。

おみつは亮吉に芋を食べさせたい一心で作った菓子芋の効果に満足げな笑みを浮かべた。

この亮吉が、

「姐《あね》さん、むじな長屋のお袋にも食べさせてえや、少し貰《もら》っていいかねえ」

と遠慮げに言い出し、

「ほう、意外と親孝行なところもあるんだねえ」

と感心された。

「お上さん、亮吉のお袋とはどこぞの可愛《かわい》い姉娘と思うがねえ」

と常丸に図星を指された。だが、亮吉は平気の平左《へいざ》、菓子芋を両手に抱えて金座裏から鎌倉河岸裏のむじな長屋に走り、近頃引っ越してきたばかりの壁塗り職人の姉娘

のお菊《きく》さんに、

「こいつを食べてみないか」

と差し出したものだ。

調子がよかったのはそこまでだ、一気に食べた菓子芋に腹を下し、むじな長屋の厠を占拠する始末で、とても色恋沙汰《ざた》どころではない。むじな長屋に戻ったはいいが、なしの礫《つぶて》の亮吉に政次《せいじ》と彦四郎《ひこしろう》が様子を見にきたのは秋の夕暮れのことだ。

「どうした、亮吉」

戸口からのっそりと彦四郎が長屋の奥を覗き込み、夜具に包《くる》まってうんうん唸る亮吉に声をかけた。

「彦か、芋にあたった。腹下しで金座裏に戻るどころじゃねえや。やっぱりおれは、芋は駄目だ」

「亮吉、芋に罪をなすりつけるのはよくないぞ。美味いからって際限なく食べたおまえのせいだ」

と政次に決め付けられ、

「若親分、自業自得だよ。おれたちは豊島屋に行こうかねえ」

と彦四郎が挑発した。だが、亮吉は破れた夜具から独楽鼠《こまねずみ》の目を弱々しく覗かせて、

「勝手にしろ」

と答えただけだ。

「亮吉、薬は飲んだか」

政次の問いに、

「薬なんぞは糞食《くそく》らえだ。芋以上に嫌いだぜ、若親分」

と突っ張った。

「彦、悪いが蠟燭《ろうそく》町のお医師を呼んできてくれないか」

「若親分、薬より医者は駄目だ」

と亮吉が応じたが彦四郎はすでに走り出していた。

彦四郎も政次もかってはむじな長屋の住人であったから、すべてを心得ていた。

四半刻（三〇分）もしないうちに薬箱を提げた彦四郎が辻静伯《つじせいはく》を連れてきて、天神《てんじん》髭《ひげ》の老医師が、

「亮吉、油で揚げた薩摩芋をどれほど食した」

と聞いた。

「これくらいのよ、竹笊《たけざる》一杯だ」

と夜具の中から両手を差し出し、大きな丸を作って見せた。

「そりゃ、馬でも油当たりにかかろうな。呆《あき》れてものがいえぬわ」

と言いながらも触診して、薬を調合し、

「この数日静養することだ。腹下りが治ったからといって直《す》ぐに馬鹿食いするんじゃないよ。まあ、明日までは湯冷ましの水だけ、明後日から重湯《おもゆ》、粥《かゆ》と徐々にいためたお腹《なか》の回復に努めるんだねぇ」

「辻先生、大事はねえんだね」

彦四郎が薬箱を片付けながら念を押した。

「亮吉にはよき薬、この界隈《かいわい》が静かでよかろう」

「そいつには違いねえがさ」

苦笑いした政次が懐紙に診察代を包んで辻静伯に差し出した。

「政次さん、おまえさん、金座裏の跡目だってねえ。俗に氏《うじ》より育ちというが同じむじな長屋育ちで、人間こうも出来が違うかのう」

と政次と亮吉の顔を交互に見ながら診察代を受け取った。

「天神髭、好きなだけ言ってやがれ。元気になったら、猫の死骸《しがい》をおめえの屋敷に放《ほう》り込んでやる」

と喚《わめ》いたが言葉に力がない。

「そなた、幼き折も同じ悪戯《いたずら》をしたな、二十歳を過ぎた人間がすることか」

と辻老医師に言われ、反論の元気も出ない亮吉が夜具の中に顔を埋めた。

辻医師と彦四郎が消え、

「政次さんよ、むだな金を遣わせたねえ」

と亮吉のお袋のせつがすまなそうな顔をした。

「偶《たま》にはお袋の傍《そば》で過ごすのも悪くないよ」

と政次が言い置き、立ち上がった。

「亮吉、いい機会だ。体を休めろ」

「若親分、どうせ豊島屋に寄るんだろ、いいな」

とそれでも亮吉が恨みがましく夜具から顔だけを出した。

「亮吉さん、大丈夫」

戸口に二人の娘が立った。

むじな長屋に引っ越してきたお菊とお染《そめ》の姉妹だろう。なかなか愛らしい顔立ちで
亮吉が惚《ほ》れたのも無理はなかった。

「ほう、おまえさん方がむじな長屋の新しい住人だね。私も昔はこの長屋に世話にな

った口だ」

と政次がいうとお菊が、

「金座裏の若親分ですね。私はお菊、妹のお染です」

と名乗り、ぺこりと頭を下げた。

「お菊さんにお染さんか。願いがある」

「なんでしょう」

「この数日、腹具合が治ったからといっておっ母さんに無理を言わせないように見張っていてくんな。そなたらのいうことなら亮吉も聞こうからな」

はい、と答えたお菊が、

「亮吉さんがいつも褒めています」

と恥ずかしそうに言い足した。

「だれを褒めているって」

「同じ長屋の育ちでも、おれと政次若親分は出来が違うって」

「亮吉がねえ」

と夜具の中にまた顔を埋めた亮吉を見た政次が、

「人それぞれの道がある。彦四郎、亮吉、政次、歩く先が少しばかり違うから、この世の中は面白いのさ。そう思わねえか、お菊さん」

と笑いかけた政次が、

「亮吉が元気になったら、亮吉と一緒に豊島屋に顔を出しておくれ。名物の大田楽《でんがく》で亮吉の快気祝いをやるからさ」

というと、むじな長屋を出た。

豊島屋はちょうど客が込み合い時分で、兄弟駕籠《かご》の梅吉《うめきち》と繁三《しげぞう》を始め、常連が顔を揃《そろ》えて、

「若親分、どぶ鼠が疝気《せんき》を起こしたって」

「あいつが珍しいこともあるもんだ」

「疝気じゃねえや。川越の芋で作った揚げ菓子を食い過ぎて腹下しだ」

と折りよく蠟燭町まで辻老医師を送っていった彦四郎が姿を見せて、政次の答える前に真相をばらしてしまった。

「なんだって、薩摩芋食って腹下しだと。間抜けも御の字付だぜ」

「十三里食って鼠が厠かな」

「亮吉らしいね」

とわいわいがやがや盛り上がった。

「彦四郎さん、政次さん、私、悪いことしちゃったな」

しほが熱燗《あつかん》の徳利と盃《さかずき》を運んできて言った。

「しほちゃんが悪いのじゃあないし、まして十三里に罪があるものか。それにさ、亮吉の奴、今度の一件で壁塗りの平次《へいじ》の姉娘と懇《ねんご》ろになるいい機会なんぞと考えてやがるぜ」

彦四郎が言い切った。

「蠟燭町の辻先生まで呼んだんでしょ、よほど酷《ひど》いのね」

「医者を呼んだのは若親分だ。辻老先生も二、三日寝ていれば治るってさ」

「それはよかった」

二人がようやくいつもの席に着いた。

豊島屋の主人の清蔵《せいぞう》が座るべき場所がぽっかりと空いて座布団だけが鎮座していた。

「大旦那《おおだんな》様は留守かえ」

「大旦那様は町内の方々と深川高橋にどじょう鍋《なべ》を食べに行かれたの。もうそろそろ帰ってこられてもいい頃合だけど」

と表を見たが清蔵らの戻ってくる様子はない。

「秋は夏の疲れが出る時期だ。どじょうを食って精をつけようって話だね」

「という理由だけどさ、ほんとは富岡八幡宮《とみおかはちまんぐう》にいい女郎屋が出来たんですって。それを聞きつけた大旦那様が取り仕切り、鎌倉河岸の旦那衆を集めて川を渡ったんだよ」

と小僧の庄太《しょうた》が言い出した。

「庄太さん」

しほが慌てたが、

「内儀《おかみ》さんがそう言ってましたもの」

庄太は平然としたものだ。

「この分ならば豊島屋の主人は、当分医師知らずの病知らずだねえ」

と政次がいい、

「深川に女遊びか、年寄りの元気もほどほどがいいがな」

と繁三が口を挟んだ。

「どこぞでも元気な年寄りが現われたか」

彦四郎が聞き、しほが、

「まあお一つ」

と政次と彦四郎二人の盃に酒を注いだ。すると酒の香がぷーんと政次らの鼻腔《びこう》を擽《くすぐ》った。

「熱燗がことさら恋しい季節だな」

彦四郎が盃を手に悠然と口をつけた。

「彦四郎、三河町の扇屋の隠居がさ、吉原の女郎に惚れて、近頃居続けだとか。扇屋の嫁さんがさ、あちらこちらでぼやいて廻ってらあ」

繁三が中断した話を蒸し返した。

「美扇堂《びせんどう》の好左衛門《こうざえもん》さんは還暦を過ぎていたな」

彦四郎が盃を手に聞く。

御用の筋ではないから政次が口を挟むことはない。

「とっくの昔、五、六年前に赤いちゃんちゃんこを着せられたぜ」

「元気だねえ。もっとも花魁《おいらん》女郎は黄金色に惚れるんだ。美扇堂は舞扇で名の知れた扇屋だ、いい職人も抱えている。蔵に小判が眠っているって噂《うわさ》だから、偶には金蔵に風を入れるのもよかろうじゃないか」

「風を入れるどころか、三河町から大門《おおもん》潜《くぐ》って遊女に小判を貢《みつ》ぐとなるとややこしいぜ。嫁がぼやくも尤《もっと》もだ」

と裏長屋住まいの繁三が大店《おおだな》の隠居の遊びを気にした。

「なんにしても年寄りが元気なのはいいことだ」

「そうか、女郎屋通いだぜ」

彦四郎と繁三が言い合った。

「病に倒れているより陽気じゃないか」

「そりゃそうだけど」

「繁三さん、美扇堂の隠居は居続けといったが、大見世《みせ》の花魁に惚れたのではないのかな」

政次が口を出した。

色里御免、と幕府が許した大看板を誇る吉原はただ客から金を搾るだけの阿漕《あこぎ》な商いはしなかった。奉公人の遊びと見れば次の朝、店が明ける前に店に戻すように吉原を送り出し、奉公に傷つかないように気配りをした。

中でも大見世は客を大事に末永く遊ばせるのが粋《いき》と心得ていたから、隠居を何日も居続けさせるようなことはしなかったのだ。

「好左衛門さんが通うのが大籬《おおまがき》か局《つぼね》見世か知らないや」

と答えた繁三が田楽にかぶりついた。

そこへ表から、

すうっ
と風が入ってきて、清蔵たちが賑《にぎ》やかに戻ってきた。

二

「旦那、お帰り」

「深川の化粧したどじょうはどうだったえ」

繁三がまず機先を制した。

「そりゃ、いいに決まっていようじゃないか」

と清蔵が鷹揚《おうよう》に受けた。

しほや庄太らが慌てて五、六人の旦那の席を設けて落ち着いた。

「おや、金座裏の若親分もおられたかえ」

青物市場《やっちゃば》前で青物問屋の暖簾《のれん》を掲げて何代にもなるという八百辰《やおたつ》の隠居の小三郎《こさぶろう》が政次に声をかけた。

「皆さん、深川に参られたそうですね」

「高橋でどじょう鍋を食して富岡八幡宮にお参りし、船着場から船を仕立てて戻ってきました。もう大川の風が冷たくてさ、どじょう屋で飲んだ酒は吹き飛びましたよ」

と小三郎らは豊島屋で飲み直す気で鎌倉河岸に戻ってきたようだった。

熱燗の酒と田楽が運ばれた。

「さて皆さん、口直しですよ」

清蔵の張り切った声に盃に酒が注がれた。

一回り酒を呑《の》み合ったところで清蔵が、

「政次若親分、縄張り違いだがねえ、富岡八幡宮の船着場でさ、参詣《さんけい》にきた年寄りを数人の餓鬼どもが囲んでさ、あっという間もなく巾着《きんちゃく》を奪い取っていったのを見たよ。あれで十三、四かねえ。六、七人で囲んだと思ったら、悲鳴も上がる間もない早技だ。手馴《てな》れた連中だったよ」

「その話はおれも聞いたぜ」

と駕籠かきの繁三が言い出した。

「だけど、おれが聞いたのは浅草の奥山の人込みだったぜ」

「川向こうとこっちじゃあだいぶ離れていやがるな。餓鬼の白昼追いはぎが流行《はや》っているのかねえ」

と彦四郎がまるで金座裏の手先になったような口調でいった。

「繁三さん、奥山の一件も十三、四の連中の仕業かな」

政次が口を出したが繁三は、

「餓鬼が寄り集まって年寄りから財布抜いたって話でさ、年までは聞いてねえや」

とそれ以上は知らない様子だ。すると清蔵が、

「繁三さんよ、おまえさんも鎌倉河岸の常連ならさ、御用になりそうなねたのときはしっかりと聞いてこなきゃあ、明日から豊島屋に出入りさせませんよ」

と釘《くぎ》を刺した。

「驚いたぜ、駕籠かきやりながら金座裏の下《した》っ引《ぴ》きの真似《まね》をしろだと」

「あたり前です」

隠居連中で深川まで足を伸ばし、化粧けのある芸妓かなにかを呼んでひと騒ぎしてきた清蔵ら旦那衆の意気は盛んで、日頃口達者な繁三も太刀打ちできなかった。

「なんだかよ、どぶ鼠のいないのが寂しいぜ」

そういった繁三は掛け合い相手を失って元気がなかった。なんにしても鎌倉河岸の豊島屋ではいつもの夜が更けていった。

次の日、政次は赤坂田町の直心影《じきしんかげ》流神谷丈右衛門《かみやじようえもん》道場に朝稽古《げいこ》にいった。すると永《なが》塚小夜《つかさよ》が顔を見せていた。

小夜が最初神谷道場に姿を見せたとき、背に乳飲み子を負ぶった男装だった。円流小太刀のなかなかの遣い手で、道場破りを宣告したものだ。

だが、丈右衛門に指名された政次と立合い、敗れていた。

その後、いろいろな経緯があった後、宗五郎らの手助けもあって青物問屋青正《あおしょう》の離れに親子で住むようになっていた。さらに住まい近くの三島町の林道場を引き継いで、十数人の門弟に剣術の初歩を教えていた。

だが、こちらの門弟は美形の小夜目当ての町人などが主で、稽古相手としては物足りない。そこで政次に頼んで、赤坂田町の神谷道場に通うようになっていた。

いつもの稽古前の拭《ふ》き掃除の後、政次は小夜と立合い稽古をした。

長身の政次、小柄な小夜、体付きは対照的だがどちらも動きは機敏である。その上、どちらも互いの手の内を知り尽くし、なかなか伯仲した立合いぶりで今や赤坂田町の名物になっていた。

だが、体力に勝った上に、御用で修羅場を潜った経験のある政次の力が未《いま》だ小夜の技を圧していた。

激闘半刻、小夜から竹刀《しない》を引いて黙礼した。

「小夜様、円流小太刀の技を封じられましたか」

「幼少から父に叩《たた》き込まれた小太刀に頼ると進歩がないようで竹刀も定寸《じょうすん》のものを使うことにしました。神谷先生の下で一から出直しです」

と小夜は汗が流れる顔に笑みを浮かべて、政次を見た。

その会話を聞いていた神谷丈右衛門が、

「永塚どの、お相手致そうか」

と小夜に声をかけた。

「えっ」

と小夜が驚きの声を発した。

神谷道場に通うことを許された小夜だか、未だ丈右衛門から指導は受けていない。

「お願い申します」

と顔を引き締めて願う小夜に、

「小太刀の技を封じられたのはよいがな、定寸では永塚どのには長かろう」

とわざわざ短めの竹刀を選んで、

「これを使うてみなされ、得物《えもの》選びは稽古の基本ゆえな、身の丈《たけ》に合ったものがよかろう」

と言いながら渡した。

「神谷先生、恐縮にございます」

小夜は短めの竹刀に持ち替え、片手と両手で素振りを繰り返した。

丈右衛門は、男の門弟が使用する定寸の竹刀を使う、小柄な小夜の動きに無理を感じていたようだ。

政次は丈右衛門と小夜が礼をし合うのを見て、住み込み弟子の結城《ゆうき》市呂平《いちろべい》との稽古に入った。

政次は他の門弟より朝稽古を早く切り上げる。金座裏の御用のことを考えてだ。

この朝は、いつもより遅い六つ半（午前七時）過ぎまで稽古に励み、豊島屋で飲んだ酒っ気を十分に体の外に流した。そこで稽古を切り上げた政次は井戸端で諸肌《もろはだ》脱ぎになって、汗を拭った。さすがに季節が進み、冷たく感じるようになった井戸水で何度も手拭を絞り、汗を拭いとった。

そこに小夜も姿を見せ、諸肌脱ぎの政次を見ないようにしながらも、

「若親分、剣術の恐ろしさを教えられました。神谷先生は、政次どのとはまた違う剣術の達人にございます」

と興奮の体で言いかけた。

丈右衛門に稽古を付けられ、小太刀で培《つちか》われてきた体や筋肉の動き、技の仕掛け、

踏み込みなどを徹底的に指摘された小夜だった。

「小夜様、神谷先生は別格です。私など足元にも寄れませんよ」

と苦笑いした政次が、

「素人《しろうと》の考えです、申してよろしいですか」

と首の辺りを拭いながら小夜に視線を向けた。

小夜は桶《おけ》に注いだ水に手拭を浸すために腰を落としていた。その項《うなじ》に稽古で乱れた髪が何本かへばりついて、はっとするほどの色気が漂い、政次は慌てて目を逸らした。

「政次どの、仰《おっしゃ》って下さい」

「小夜様がいったん円流小太刀を忘れて一から剣術に取り組み直されるのはよい考えかと思います。最初は、まどろこしいでしょうが、長い目で見れば小夜様の剣術が大きく成長するきっかけときっとなりますよ」

「ただ、今のところ動きがちぐはぐで困っております。やはり政次どのもそう考えられますか」

「間違いございません。剣術家永塚小夜様は大きな一歩を踏み出されたのです」

立ち上がった小夜が嬉《うれ》しそうに笑った。すると井戸端に小夜の笑みと一緒に色気が零《こぼ》れた。

政次と小夜はさっぱりとした顔で神谷道場を走り出した。

御堀端を右回りに政次は金座裏、小夜は青物市場のある横大工町《よこだいく》まで走り帰ることになる。

これも稽古の一環と考える政次は、一人の折は疾風のように駆けて帰ったが、小夜と一緒となればそうもいかない。

この日は小夜の歩幅に合わせて、ゆっくりと走ることにした。

政次には話しながらの速さだが、それでも小夜は必死だった。

呉服橋まで来ると御堀端に政次がかつて奉公していた呉服屋松坂屋の隠居松六《しょうろく》が立っていた。

「ご隠居、お早うございます」

足を止めた政次が腰を折り、挨拶《あいさつ》した。

「若親分、今朝は小夜様と一緒かい」

「さようでございます」

松六の前では手代《てだい》だった呉服屋の奉公人の言葉遣いがつい姿を見せる。

「小夜様も気張りなされよ」

目一杯に走ってきた小夜は、声には出せずに顎《あご》を振って頷《うなず》いた。

松六は朝の散歩に御堀端を訪ねるのが日課だ。水面に集《つど》う鳥を見たり、堀向こうの北町奉行所に出入りする公事の連中を眺めたりして、小半刻の散歩を終えた。

「松六様、これで」

政次が別れの挨拶をすると小夜を従え、再び走り出した。

松六は一石橋《いちこく》を渡る二人の背を見送り、御堀端を離れた。

政次が小夜と金座の表で別れ、金座裏への路地に駆け込むと、すでに町内の掃き掃除は終わって水も打たれていた。

「ただ今戻りました」

と声を掛けながら、政次は格子戸の中に飛び込んだ。

金座裏ではとっくに朝餉《あさげ》は終わっている刻限だ。

居間では宗五郎の前に金座裏の番頭格の八百亀《やおかめ》以下手先の面々が顔を揃え、本日の町廻りの指示を親分から受けようとしていた。

「遅くなりました」

宗五郎に挨拶すると、

「うちの縄張り内は亮吉の腹下しくらいで騒ぎがねえ、いつもの手配りだ。まずは朝飯を食ってこい」

と倅《せがれ》の政次に命じた。

「若親分、亮吉の具合はどうだ」

八百亀が聞いた。

「辻先生の往診を願ったが、二、三日じいっと寝ていれば治るそうだよ、八百亀の兄さん」

「どぶ鼠とはよういったものだ。亮吉は食い意地が張っているからな。いくら美味いたって竹笊一杯の芋菓子を食う馬鹿がどこにいる」

と呆れたり、

「まあ、いい薬になったろう」

と言い直したりした。

亮吉の話で盛り上がる居間から台所に行くと、女衆相手におみつとしほが乾し椎茸《しいたけ》を水に戻していた。

板の間には布巾《ふきん》のかかった膳《ぜん》が一つ残されている。

「あら、帰ったの。気がつかなかったわ」

しほが顔を上げた。

近頃では毎朝この刻限に金座裏に顔を出すしほだった。

「朝っぱらからなんだか、奥は賑やかだねえ」

「おっ養母《か》さん、鬼の霍乱《かくらん》で盛り上がっているんですよ」

「亮吉のことかえ、あいつはなにをしても話題には事欠かない男だねえ」

とおみつも苦笑いし、

「芋嫌いというからさ、まさか竹笊一杯の芋菓子をあいつが食うとは思わなかったよ。気がついたら竹笊が空だもの、腹下しも仕方ないやねえ」

と、ここでもおみつが言い、続けて、

「しほちゃん、政次のおみおつけを温め直しておくれ。私が鰯《いわし》を炙《あぶ》るからさ」

と命じた。

「遅かったわねえ」

しほが味噌汁《みそしる》を温め直しながら聞いた。

「小夜様が道場に稽古に見えたんでさ、いつもより遅くなったんだ」

「小太郎《こたろう》様は元気な様子かえ」

おみつが聞いた。

「小太郎様の話は出ませんでしたよ。なにしろ小夜様は小太刀の腕前を一旦《いったん》忘れて、直心影流の基本からやり直される覚悟です。そっちで必死の様子でした」

「小夜様はやはり剣術が生きがいなのかねえ」

とおみつが洩《も》らし、七輪で炙った丸干し鰯を皿に載せた。

味噌汁も温め直された。

政次が炙りたての丸干し鰯、しらすをかけた大根下ろし、若布《わかめ》と豆腐の味噌汁に古漬けで朝餉を食べた頃合、玄関に人が来た様子で急に居間から玄関が慌ただしくなった。

「ご馳走《ちそう》様でした」

と声を残した政次も居間に向かった。

すると下っ引きの旦那の源太《げんた》の連れている小僧の弥一《やいち》が宗五郎を前に緊張の様子で畏《かしこ》まっていた。

「旦那はどうしたえ」

「ここんところ腰を痛めて床に就いています」

「あいつ、太り過ぎなんだよ」

と八百亀が言った。

旦那と異名をとる源太の本業は、

「江州《ごう》伊吹《いぶき》山のふもと柏原《かしわばら》本家亀屋《かめや》左京《さきょう》薬もぐさはよう……」

と振れ声しながら弥一に荷を担がせて売り歩くもぐさ屋だ。

そのついでに八百八町から事件のねたを探し出す金座裏の下っ引きを務めていた。旦那と呼ばれるのは恰幅《かっぷく》がいいからだ。だが、腰を痛めるようじゃ、恰幅もあり過ぎだ。

「ひどいか」

「最初は厠にもいけませんでしたけど、近頃ではそろそろなら一人歩きできます」

「下っ引きが町廻りもできないようじゃ、上がったりだな」

と心配顔をした宗五郎が、

「弥一、源太の様子を伝えにきたか」

「いえ、そうじゃねえんで」

「なんだえ」

「夕べ遅く聞き込んだことですが、増上寺《ぞうじょうじ》の門前で私くらいの小僧が何人も寄って集《たか》って、参拝に来た年寄りの巾着を奪おうとしたそうです」

「なにっ、今度は増上寺門前に出やがったか」

「親分、こいつは流行りじゃねえな。一組があっちに飛び、こっちに走りして荒稼ぎをしてねえか」

と八百亀が口を挟んだ。

「うちが知るだけで三件、奪われた金子《きんす》は六十数両だったな。餓鬼のやることにしてはちいとばかり大掛かりだぜ」

宗五郎が弥一の視線を戻した。

「いくら奪われた」

「それがその年寄り、手首に絡めた信玄袋の紐《ひも》にしがみ付いて放さなかったそうで、それがいけなかった」

「倒されて頭でも打ったか」

「いいえ、餓鬼の一人が匕首《あいくち》のようなもので年寄りの胸を抉《えぐ》り、信玄袋の紐を切って奪い去ったんだ、親分」

「なんだって」

金座裏の居間に驚きが走った。

「それでさ、年寄りが担ぎ込まれた中門前の医師に最前聞きにいったんだ」

「よう気付いたな、弥一。そしたらどうしたえ」

「年寄りは抉られた場所が心臓《しんのぞう》だったそうで、担ぎ込まれて直ぐに死んだそうだ」

「なんてことをしやがった」

強奪から殺しに事件は発展したことになる。

「八百亀、おめえがいう一組の餓鬼どもが江戸じゅうを走り回って年寄りを苛《いじ》めているか、あるいは一組の話を聞いて真似する者が出たか、本腰入れて調べねばなるまいぜ」

「へえっ」

八百亀が親分の指示に畏まった。

「弥一、よう知らせてくれたな」

宗五郎が長火鉢の小引き出しから財布を出し、一朱を摑《つか》むと、

「ほら、小遣いだ」

と弥一に渡し、

「おれは旦那を見舞いがてら増上寺門前まで出張ろう。なにがあってもいいように政次と波太郎《なみたろう》を連れていく。八百亀、おまえは残った連中と縄張り内に目を光らせねえ」

と命じた。

# 三

宗五郎が政次、波太郎を供に弥一を案内に立てて増上寺大門から南へと延びた中門前通りの中ほどにある診療所を訪ねた。

園部《そのべ》家は代々この地で医師の看板を上げてきており、門構えも屋敷もなかなか堂々としたものだ。

当代の園部一馬《かずま》も腕前はなかなかと見えて、門前にも門内にも大勢の患者が並んで、診療を待っていた。

玄関番に意を伝えると診療所の園部にお伺いが立てられ、宗五郎と政次父子は診療所の外にある広縁に招じ上げられた。そこが秋の日差しがあたり、片隅に猫が香箱を作っているほどぽかぽかと暖かかったからだ。

「金座裏からお出ましですか」

診療所から若い声が響いて、姿を見せたのは宗五郎が驚くほど若い医師だった。それだけに動作はきびきびとしており、顔付きは精悍《せいかん》だった。また蓬《よもぎ》色の筒袖《つつそで》に裁《た》っ付《つ》け袴《ばかま》で動き易そうな恰好《かっこう》をして、首から南蛮渡来の聴診器を吊《つ》っていた。

「昨日の一件ですか」

二人に会釈した園部が自分から話を進めた。

「お忙しいところお手を止めて申し訳ございません。仰るとおりの用件なんで」

園部が頷いたところに見習医師が茶菓を運んできた。なんとこちらは髪を引き詰めた若い女だった。園部と同じく筒袖に裁っ付け袴だ。

「先代園部源斎《げんさい》先生の評判はしばしば耳にしておりましたが、お元気ですかな」

宗五郎が聞いた。

「父ですか、医者の不養生というやつです、亡くなりました」

「お亡くなりになった、それは知らなかった」

「毎日詰め掛ける患者に小うるさいほど酒は飲むな、仕事はほどほどにと注意しながら診療にあたっておりましたが、当人は不養生の上に大酒の口です。それが祟《たた》ったか、一昨年心臓病で倒れて、ぽっくり逝きました。そこで長崎に西洋医学を学びに参っておった私が急遽《きゅうきょ》呼び戻されたってわけです」

園部家は代々漢方医で名を上げた医家だが、一馬の長崎留学といい、医師たちの衣服といい、新しい風が吹いている様子が窺《うかが》えた。

「そうでしたかえ」

と答えた宗五郎が茶碗《ちゃわん》に手を伸ばしかけ、

「おっ、そうだ、お見知りおき願いましょう。わっしの隣にいるでくの坊がうちの十代目なんでございますよ。園部先生、今後ともよろしくお引き回し下さい」

「この方が金座裏の政次若親分かな、と最前から思うておりました。園部一馬です、若親分、こちらこそよろしく」

「政次と申す駆け出しでございます」

気さくな園部に政次は丁寧に頭を下げて応《こた》えた。

「お互い老舗《しにせ》の看板を継ぐのは気が重いですね」

と園部が苦笑いし、政次が、

「先生と違い、私は呉服屋の手代から畑違いの捕物に転じました。そのせいでなにも存じません。親分方は捕物を一から仕込むのに苦労しておられます」

と真面目《まじめ》な顔で応えたものだ。

「なんのなんの、読売でいつも活躍は読んでおりますよ。金座裏の十代目の評判はすでに高い。それに、赤坂田町の神谷道場で今や五指に入る剣の腕前だそうですね。さすがに九代目はお目が高い」

読売の情報か、政次が呆れたほど園部一馬はなんでも承知していた。

「医師の仕事の半分は患者の話を聞くことです。いえ、病ばかりではない。世間話でも嫁の悪口でもよろしい。腹に溜《た》まった鬱憤《うっぷん》を吐き出せば病は治ったも同然です」

「そんなものですかえ」

と宗五郎が南蛮医学を勉強したという若い医師に感心した。

「患者相手にあれこれ話を聞かされた私はこの家にいて、江戸の出来事の大半が分かったような気になる。若親分の評判は読売ばかりではない、患者の噂です」

園部の正直な告白に政次が苦笑いし、

「園部先生、話半分というが、私の場合、世評の一割も当たっておりませぬ。これを機会にお引き回しのほどお願い申します」

「私が出来ることとなれば」

と応じた園部が、

「親分、若親分、昨日の一件ですが、私は外科が専門ですが手当てのしようもなかった。心臓を鋭利な刃で刺し貫かれておりまして、うちに運び込まれて手術台に寝かせたときには心臓はほぼ停止しておりました。もう少し心臓を外れておれば、なんとか手の施《ほどこ》しようもあったのですが」

と残念そうに園部が言った。

「鋭利な刃物と申されましたが、どのようなものを推測すればよろしゅうございますか」

　と政次が口を利いた。

「片刃の幅が二分（約六ミリ）から二分五厘、傷の深さから申して直刃で長さは七、八寸（約二一～二四センチメートル）はありましょうな。私が想像するに、小柄《こづか》が一番かたちの似た刃物でしょうか」

「餓鬼の持ち物ではございませんな」

　と宗五郎が言い、園部が頷いて、

「ひょっとしたら手造りの道具かもしれません」

　と応えていた。

「被害にあった年寄りの身許《みもと》は分かっておりますかえ、先生」

「内山町で金貸しを営む三橋の小兵衛《こへえ》という方でした」

　内山町はただ今の銀座八丁目にあたり、東西に京間三十六間の長さの両替町だ。

　宗五郎は三橋の小兵衛という金貸しを聞いたことがなかった。

「隠居ではないんですね」

「いいえ、いまもぱりぱりの現役です。年は六十五というが、足腰もしっかりしてました。此度《こたび》の奇禍さえなければ、あと十五年やそこいらは長生きしたでしょう」

と答えた園部一馬が、

「私には知らせを受けて駆け付けた小兵衛さんの家族の悲喜こもごもの様子が面白かったですよ。いや、悲しむ者はだれ一人なかったな」

「ほう、どういうことなんで」

「いえね、普通は主《あるじ》がこのような目に遭えば呆然としたり、泣き叫んだり致しますよね」

「肉親の情です、そうでしょうな」

「親分、娘婿という番頭の登兵衛《とうべえ》の第一声が、親父《おやじ》は確かに息を止めたんですね、死んだんですかという私への問いでした。小兵衛さんの亡骸《なきがら》を見もしないのにです。その上、小兵衛さんの女房も娘も、仏にあっても死んだことを確かめるのに忙しくてね、泣くどころではございませんでしたよ」

「不人情な家族ですね」

宗五郎はなんだか縄張り外まで足を伸ばしたのが間違いだったのではと思ったほどだ。

「娘婿は小兵衛さんがいつも持参していた信玄袋の行方《ゆくえ》を気にする始末で、舅《しゅうと》を刺し殺した餓鬼どもが奪い去ったと聞くと、愕然《がくぜん》としてました。なんだか、死んだ小兵衛さんが気の毒に思えるほどの家族の受け止め方でしたよ」

　ほとほと呆れたという顔付きの園部一馬だ。

「信玄袋に大金でも入っていたんでしょうか」

　と政次が聞いた。

「いいえ、大事な印形と証文が入っていたとか、小兵衛さんはいつも持ち歩いていたそうです。どうやら家長の命より証文が大事なようで、さすがに金貸し商いと感心致しました」

　園部の言葉に宗五郎が嘆息し、

「先生、そやつら、小兵衛の治療代を払っていきましたかえ」

「うちではほとんど治療をしておりませんからね、治療代の請求も出来ませんよ」

　園部があっさりと言った。

「なんということった、不人情も極まれりだねえ」

　と怒りを抑えた口調で漏らした宗五郎が、

「園部先生、忙しい刻限に邪魔を致しました」

「なんの、いっとき患者相手から解き放たれたくなりましてな、ちょうどよい休憩になりました」

「園部先生、金座裏界隈に足を伸ばされたとき、うちに寄って下さいませんか。なにもございませんが、馬鹿話には事欠きませんや」

と宗五郎が園部を誘った。

「金座裏訪問か、面白そうだ。名物の金流しの十手《じって》も拝見したいし、是非寄せてもらいます」

と園部が笑いで応じた。

「ほんとうにお待ちしてますぜ」

「参ります」

別れの挨拶をした宗五郎と政次の二人が陽《ひ》だまりの広縁から立ち上がった。


凶行の現場は三縁《さんえん》山増上寺の大門を出た辺りで、芝片門前《しばかたもんぜん》一丁目の紙問屋や筆屋が並ぶ店の前だった。

門前町は増上寺の寺地だが、片門前一丁目、二丁目は古町であるために将軍家上覧の御能拝見を許され、寺社奉行管轄ではなく町奉行支配だった。

「御免なさいよ」

宗五郎が紙問屋の井口《いぐち》屋で声を掛けると、

「おや、金座裏の親分ではございませんか」

と増上寺に紙を納める井口屋の番頭が応じた。

「おおっ、柳蔵《りゅうぞう》さん、元気かえ」

「元気だけがとりえですよ」

宗五郎が昨日の一件を持ち出すと、

「内山町の金貸しね、殺された人間や家族を悪くいう気はないがさ、嫌な家族だねえ。昨日もさ、小兵衛さんが餓鬼どもに囲まれて、悲鳴を上げたとき、この門前町の皆が飛び出して助けようとしたんだよ。それをさ、迷惑をかけましたの言葉一つもないのさ。反対に小兵衛さんの持ち物を私どもがくすねたような目付きで聞きまわってさ、あんなことなら、血塗《ちまみ》れになって園部先生のところに運び込むんじゃなかったとぼやいていますのさ」

「柳蔵さん、だれが来たって」

「娘婿のなにといったかな」

「登兵衛かな」

「それだ、そいつがさ、信玄袋は落ちてなかったかと根掘り葉掘りだ」

「小兵衛さんを刺した連中だが、十三、四の餓鬼というのは確かかね」

「たしかに餓鬼は餓鬼だが、私の目には二つ三つ年が大きな者も混じっていたように見えたよ」

「ほう」

　とこたえた宗五郎がしばし沈黙し、

「何人だったね」

「四人かね、五人とはいなかったと思ったが、ともかく逃げ足の早い連中だったな」

「小兵衛は増上寺に参詣かえ」

「金貸しが神仏にお参りするものか。芝神明《しんめい》社の芝居小屋に金の取立てにいった帰りだそうだよ。なんでも小兵衛さんのところは芸人相手に金を貸すんだそうだ」

「餓鬼どもは最初から小兵衛を狙《ねら》った様子かねえ」

「土地の親分に聞かれたんだが、夕暮れ前でさ、店仕舞いの最中だ。小兵衛さんの悲鳴で私らが表を見たときは、すでに小兵衛さんは囲まれていたよ。そして、直ぐに絶叫が響き渡り、餓鬼どもが散り、一人だけ残った奴がさ、手首に提げた袋物の紐を切って仲間を追って、東海道の方角に走り去ったんだ。一瞬の間の出来事だよ」

　宗五郎が政次を振り見た。

「番頭さん、小兵衛さんと子供たちの間には会話はなかったんですね」

「話なんぞはなかったと思うね、わあっ、と囲んで、いきなり刺して、さっと散ったという感じだからね」

政次が宗五郎に頷き返した。

「柳蔵さん、小兵衛は宮芝居《みやしばい》の一座に金の取立てにいったというが、その相手がだれか知るまいね」

「金座裏、ただ今芝神明の境内に芝居を打っているのは加納助五郎《かのうすけごろう》一座だけだよ。座主の助五郎は小兵衛さんのとこからしばしば金子の融通を受けているのは、この界隈の者はみな承知だ」

「手間が省けた」

宗五郎は井口屋の番頭に礼を述べて参道に出た。宗五郎らが聞き込みをする間、波太郎はこの界隈の店を回り、昨夕の殺しの目撃情報を集めていた。その波太郎に弥一が従っていた。

弥一は自分が持ち込んだ事件に最後まで関《かか》わっていたい様子だった。

四人は増上寺の山門下で、互いの情報を交換した。

だが、宗五郎と政次が井口屋の柳蔵から聞き込んだ以上のものは波太郎のほうにもなかった。だが、一つだけ、刺された現場に集まった野次馬の中に、

「金貸しの小兵衛か」

と餓鬼の一人が問いかけて囲んだという情報があったというが、証言した人物は土地の者ではなく、身許も分からないという。

「金貸しの小兵衛か」

と問うて小兵衛を狙ったとしたら、これは一連の老人の金品を狙う子供一味の犯罪とは違う事件ということになる。

「親分、芝の松之助《まつのすけ》親分もこの証言の主を探しているというがねえ、聞いた人間もはっきりしてないんだ。こいつは小兵衛と身許が知れて作られたよた話じゃないかねえ」

と波太郎の意見だった。

「よし、ついでだ。宮芝居の一座を訪ねてみようか」

宗五郎を先頭に四人は芝神明社の境内に入っていった。

芝神明社は芝大神宮、飯倉神明宮、日比谷神明宮とも呼ばれ、その敷地内は江戸有数の盛り場で宮芝居、勧進相撲《かんじんずもう》、富籤《とみくじ》興行が賑々しく行われた。

宮芝居の座元は江戸七大夫で、加納助五郎一座は七大夫支配下の宮芝居一座の一つだ。

芝居小屋の前に幟《のぼり》がはためき、芝居が行われている様子だが、どうみても客の入りは今一つのようだった。

「楽屋に四人は詰めかけられめえ。波太郎、弥一を連れて、団子屋にでも行き、甘いものでもかじっていろ」

と宗五郎が波太郎に小遣いを与え、

「四半刻とはかかるめえ」

というと二人が勇んで食べ物屋の並ぶ参道へと駆けていった。

宗五郎と政次は筵掛《むしろが》けの芝居小屋の裏に回り、芝居小屋の若い衆に身分を告げて、座長の加納助五郎に会いたいと告げると、

「ちょうど幕間《まくあい》ですよ、少しだけなら会えると思います」

という返事で直ぐに楽屋に通された。

座長の加納助五郎は上半身裸で自ら刷毛《はけ》を持って首の周りを塗っていた。

「金座裏の、三橋の小兵衛さんの一件だねえ。芝の松之助親分の手下にはぎゅうぎゅうと絞られるし、えらい迷惑ですよ。まるでうちの一座で小兵衛さんを刺し殺したようなことを言いやがる。うちにそんな元気があるものかね」

「元気がないかえ」

「親分、ここんとこ出す演目出す演目すべて不人気で客が集まらないんだ。そのせいもあって、新しい演目の仕込みにさ、内山町を訪ねて、小兵衛さんに金の工面を頼んだ。三十両のところが十五両に値切られ、十日一《といち》の利息だ。その上、取立てだけは滅法険しいや」

「昨日も取立てかえ」

「仰るとおりさ。ほれ、ここにあるがさ、もう元金は戻し終えて、利息も二両がとこは払ってますよ。それなのに小兵衛め、あと三両なにがしだと言いやがる。高利貸しとはよくいったものだ、あいつら、人間の血は流れてないよ。わたしゃねえ、小兵衛が死んだと聞いて胸がすうっとしましたよ、親分」

　というと助五郎が書付を見せた。そこには昨日の日付で一両二分《ぶ》支払った文字と小兵衛の爪印《つめいん》が押されてあった。

「たった一両二分ぽっちで殺すものですか」

　と助五郎が怒りの顔付きで言い放ち、

「三橋の小兵衛さんの大口の客は宮芝居なんかじゃありませんよ」

「だれだい」

「小兵衛さんの家は金春町《こんぱる》の隣町です。能狂言の宗家が小兵衛さんの上客ですよ、そっちを当たるこったねえ」

加納助五郎も小兵衛が行きずりの餓鬼の窃盗団に襲われたとは努々《ゆめゆめ》考えてないのか、そう言い切った。

「ほう、能狂言の宗家が上客とは知らなかったぜ」

「歌舞伎役者にも都合しているというがねえ、真相は存じませんよ」

舞台から出囃子《でばやし》の音が響いてきて、白塗りの助五郎が立ち上がって衣装を着た。

「邪魔をしたな、座長」

「金座裏の、餓鬼どもが小兵衛さんの信玄袋を持ち去ったというんだが、私の書付も一緒かねえ。出来ることならばあっさりとこの世の中から掻《か》き消えるとありがたいがねえ」

と一両二分余の利息分の返済を助五郎が気にした。

## 四

芝神明の境内から北門を抜けた四人は三島町に出た。東海道の西側に平行した家並みで、増上寺外を流れる疎水を背にした町屋だ。

宇田川町から東海道に戻る宗五郎一行の左側から西日が射してきた。

「政次、どう思う」

「なんとなく子供の知恵ではないような気がします」

「今晩が通夜か、明日が弔《とむら》いだとするならば、黒い鼠が動き出すのは弔いが終わった後だろう。工夫してみねえ」

と宗五郎が政次に探索を預けた。

「承知しました」

政次の返事に宗五郎が頷き、

「弥一、腹も空《す》いたろう」

と小僧に聞いた。

「親分、腹なんぞはどうでもいいや。探索はどうなる」

「おめえが持ち込んだ一件だ、そう簡単に埒《らち》が明きそうもねえな」

「すると今日はもう終わりか」

弥一は不満そうだ。

「弥一、まずはおめえの旦那の見舞いだ。それから、先のことは相談しようか」

「ならば先に行って旦那に親分の見舞いを知らせとくぜ」

と言い残すと弥一は冷や飯草履をばたばたと音をさせて、東海道の人込みの中に姿を没しさせた。

「親分、旦那に見舞いを持っていきますか」

　政次が聞く。

「旦那の好物はなんだ、波太郎」

　宗五郎が若い手先に矛先を回すと、

「酒が好きそうな面をしていますがねえ、ほんとうの好物は甘いもんなんですよ。源太の旦那、田舎饅頭《いなかまんじゅう》のでかいのを一時に五、六個ぺろりと食いますぜ」

　と笑った。

「波太郎、この界隈で甘味屋はどこだ」

「源助橋の裏手に小体《こてい》な店構えの粟餅屋《あわもちや》があってさ、近頃、この界隈の娘っこの人気を集めていらあ」

「粟餅だと」

　粟餅は粟を混ぜた餅に砂糖を混ぜた黄な粉をまぶして食べる、雑かけない食べ物だ。祭礼の折など寺社の境内の屋台店で商われる食べものだった。

「名物は粟餅だが、季節によってさ、甘味処のげんすけでは桜餅草餅を商って客を集めているんだ」

「波太郎、なかなか詳しいが、どこぞの娘っこと食いにいったか」

波太郎が苦笑いして、

「親分、おれにはまだそんな娘いねえや。だから、話だけでよ、未だ食ったことがねえんだ」

「案内しねえ」

と宗五郎が命じた。

東海道が露月《ろげつ》町から源助町へと変わる町境に架かる橋が源助橋だ。浜御殿から陸奥《むつ》仙台藩と会津藩の広大な屋敷の間に運河が引き込まれ、東海道を越えた辺りで堀留になっていた。

三人は橋を渡った先で運河に沿って右に折れた。東海道に沿って薄く広がる町屋の堀端にその粟餅が名物の甘味処げんすけはあった。間口二間《けん》半ほどの店に娘たちが群がって甘味を買っていた。

「波太郎、旦那の分とうちの分を買ってこい」

へえっ、と若い手先が張り切り、政次が従った。

宗五郎は堀端に出された縁台に腰を下ろし、腰の煙草《タバコ》入れを出した。すると店の中から黄八丈《きはちじょう》を着た娘が煙草盆を持って出てきた。

「いらっしゃいまし」

「無粋な客で悪いな、姐さん」

「金座裏の親分さんですね、ご贔屓《ひいき》にお願いします」

「おれを承知か」

「私たち、お父っつあんが生きていた頃、青物市場近くに住んでいたんです」

となると金座裏の縄張り内だ。

こんな娘がいたか記憶を辿《たど》りながら宗五郎が聞いた。

「お父っつあんはどうなされた」

「左官の棟梁《とうりょう》でしたが流行《はやり》病で亡くなりました。そこでお父っつあんが出入りしていた屋敷の旦那様が私どもの生計《たつき》が立つようにって、ここで甘味処を開いてくれたんです」

「評判のようだな」

「おっ母さんが在の出なんです。子供の頃、田舎で婆様から習い覚えていた粟餅を甘く工夫して出したら、皆さんが美味《おい》しいって申されて、なんとか客がつきました」

「なによりのことだ」

宗五郎が煙草を吸う間もなく政次と波太郎が大小二つの包みを提げて出てきた。

ぞを買いに行きました」

「覚えてらっしゃいましたか。政次さんが松坂屋に奉公なされていた頃、端切《はぎ》れなん
「堅大工町《たてだいく》のおしおちゃんじゃないか」

政次が、おや、という顔をした。

「有り難うございます、若親分」


「そうだ、おしおちゃんの親父さんは流行病で亡くなられたんだったな」

「政次、世話する人がいて、ここで甘味屋を開いたらこの当たりだそうだ」

宗五郎が聞いたばかりの話を伝えた。

「金座裏の親分さん、若親分、これをご縁にご贔屓に」

「この界隈によったら顔を出すぜ」

おしおに見送られた三人は再び東海道に戻った。

旦那の源太が住む二葉町は御堀に架かる幸橋、土橋、難波橋の南側に一、二丁目に分かれて広がる町屋だ。

江戸城御女中に下げ渡されて拝領地になり、また町屋に返り咲いて芽を吹いたというので二葉町という名になったとか。

下っ引きの旦那の源太は二葉町の裏長屋に住まいしていたが、太った体を煎餅《せんべい》布団

に包まって寝ていた。その姿はまるで冬眠中の熊だ。そのかたわらには婀娜《あだ》っぽい年増《とし ま》と先に帰った弥一がいた。

「どんな加減だ」

「親分、いけねえや。立っても座っても寝転がっても腰が痛くてだめだ」

「医師にかかったか」

「医師になんぞかかって治るものか。腰が痛いんだ、箱根か草津に半年も湯治にでも行けば治ると思うがね」

「馬鹿野郎、だれがそんな贅沢《ぜいたく》ができるものか」

「言っただけだよ。こいつばかりは時がこないと痛みが去らないのさ」

源太はぼろ布団から髭面だけを出していった。

「旦那、粟餅を買ってきたぜ」

波太郎が見舞いに差し出した。

「源助橋際の粟餅屋か、なかなかいけるんだよ」

と答えた源太が、

「親分と若親分が揃って顔を出してくれたが、座るところもねえな」

「そんなことはどうでもいい」

宗五郎が用意してきた紙包みを熊の顔の前に滑らせた。

「おまえには甘いものよりこっちが要るだろう。無駄と思っても医師にかかれ」

「すまねえ、親分」

片手を差し出した源太が包みを摑み、

「おや、五両か、気張ったな」

と無精髭の顔に笑みを浮かべた。

「おれもこんな風だ。当分動けめえ」

「そんな恰好で外に出られてたまるものか」

「親分、弥一がな、大門前の一件、最後まで探索を見届けたいというのだが、金座裏で世話しちゃあくれめえか」

「そいつはかまわねえが、弥一の家族に断ったか」

宗五郎は、もぐさ売りの小僧の弥一をよく知らなかった。

「そいつは大丈夫だ、なあ、おまん」

と傍らの婀娜っぽい女に源太が念を押すように聞いた。

「親分さん、うちもこいつがいくらかでも稼いでくれないと女手一つで子供三人はしんどいんです」

女が言うと弥一の頭を手でぐいっと押さえ、お願いしますと言った。

「おまえさんが弥一のお袋さんかえ」

「親分、この長屋に住むおまんさんの倅が弥一なんだよ。下に二人ばかり妹と弟がいるのさ」

「親がいいというなら問題はねえ。今晩から当分うちで寝泊まりしねえ」

宗五郎が許しを与え、弥一の顔が弛《ゆる》んだ。


再び、四人になった宗五郎一行が堀端を芝口橋に向かうと、すでに町は夕暮れが訪れようとしていた。

「親分、ちょいと内山町を覗いていってようございますか」

政次が橋を渡ったところで言い出した。

殺された小兵衛の住む内山町は芝口橋を渡った東海道筋出雲《いずも》町から西に延びる通りだ。

「通夜が始まった頃合か、前を通ってみるか」

宗五郎らは出雲町から左に折れた。すると薄暗くなった通りの中ほどに提灯《ちょうちん》の明かりが浮かんでいた。

宗五郎らが近付いてみると、やはりそこが三橋の小兵衛の住まいだった。間口こそ五間ほどだが高い黒板塀《くろいたべい》の一角に小洒落《こじゃれ》た玄関が切り込まれ、その左右の軒下に通夜を示す提灯がぶら下がっていた。

夜目にも凝《こ》った家の造りだった。

宗五郎らがその家の前を通り過ぎようとしたとき、黒紋付羽織袴の男が門から出てきた。そして、宗五郎と目を合わせ、咄嗟《とっさ》に目を逸らそうとしたが、

「金座裏に睨《にら》まれて逃げられるはずもない」

と自ら言い聞かせるように呟《つぶや》くと宗五郎のほうに自ら寄ってきた。

狂言師の金春七郎太夫《しちろうだゆう》だった。

「太夫、通夜に顔を出されたか」

「親分、小兵衛さんが殺された探索かね」

「縄張り外だよ。ちらと小兵衛さんのことを聞いたんでねえ、野次馬根性で前を通り過ぎようとしたところだ」

「それで私が網にかかったってわけですか」

と苦笑いした七郎太夫が、

「うちも苦しいとき、能面なんぞを入れて金子の工面をしばしば受けているんでねえ、

死んだと聞いて別れにいかないのも不人情だと思い、出てきたところですよ」

「それは奇特な、奥はどんな風ですね」

「小兵衛の娘婿の登兵衛さんが通夜を仕切ってましたね、小兵衛の女房も娘も一応それらしい顔はしていますす。ですが、どことなく余所余所《よそよそ》しい感じで、早々にお線香を上げさせてもらって出てきたところですよ」

「突然家長が亡くなったんだ、仏を前に落ち着かないのも不思議はあるめえ」

「金座裏の、それでもさ、こんなときは親類の中から泣き声の一つも上がって不思議じゃありますまい。ところが家族も親類までもが淡々と小兵衛さんの死を受け入れたって感じでさ、その一方で互いがなにかを気にしているようなんですよ」

と説明した七郎太夫が、

「ともかくさ、小兵衛さんはだいぶ溜《た》め込んでいるって話だから、弔いが終わった後が大変でしょうよ」

「小兵衛さんのことはよく知らないんだ。一代で身上を稼ぎ出したのかねえ」

「いや、違いますって、金座裏。金貸し商売は三代前からだ。下野《しもつけ》国か上野《こうずけ》国か、ともかくどこか在所の三橋村から出てきた先祖が小銭を溜めて始めた金貸しですよ。先代の親父の代まで地道な金貸しでしたがね、小兵衛さんの代になって、私ども能狂言から歌舞伎役者に宮芝居と手を広げて、大金を貸すようになって見る見る身代が大きくなったんです。なにしろ、私どもは見栄っ張る商売ですからな、借りる金子も大きい。また高い利息でも返さざるをえない人気商売です。泣く泣くどこかでお金をこさえて、内山町の黒板塀の門を潜る芸人は多うございますよ」

「太夫、銭箱と帳簿を握っていたのは小兵衛一人なんですね」

「番頭上がりの娘婿にも未だ商いの全部は教えていないことは確かだね」

「家族仲はどうです」

「さて、どうでしょうね」

と首を捻《ひね》った七郎太夫が、

「おかるは先妻のおうたとの間に出来た娘でね、ただ今の女房のお銀とは血が繋《つな》がってませんのさ」

「先妻とは死に別れですかえ」

「いえ、生き別れでね、通夜にも先妻のおうたが顔を出してましたよ」

「ほう」

「お銀は品川の女郎上がりという噂です」

「おかるとお銀の仲はどうです」

「一緒に住むくらいです。金が結び付けているのかもしれませんが、傍目には仲良く映りましたよ。なにしろ娘のおかるが二十一、継母のお銀が二十六、まるで姉妹ですよ」

宗五郎と金春七郎太夫が肩を並べて話しながら歩き、政次ら三人は少し後ろから従った。

太夫の足が止まり、

「親分、ちょいとばつが悪いので喋《しゃべ》り過ぎました。私はこれで」

と内山町と北紺屋町の辻で左に曲がっていった。

宗五郎らは山城河岸まで歩き、御城の堀端を山下御門から数奇屋《すきや》橋前、比丘尼《びくに》橋を渡り、鍛冶《かじ》橋前、呉服橋前を黙々と進んで一石橋を越えた。

金座裏は直ぐそこだ。

「親分、粟餅を買いにいったような日だな」

と波太郎が大きな包みを抱えて言った。

「すっきりしねえ日もあらあ」

金座裏に戻ると、がらんとしていた。

「お上さん、親分のお帰りだ」

と波太郎が声を張り上げ、おみつが玄関に顔を出すと、

「お帰り。八百亀たちに会わなかったかい」

「なんぞあったか」

「いまさ、鎌倉河岸で小僧の盗人が出たとか出ないとか。小僧の庄太さんの知らせにすっ飛んでいったところだよ」

「おれたちも行こう」

波太郎が粟餅の包みをおみつに渡し、政次を先頭に再び金座裏の通りに飛び出した。最後に宗五郎が悠然と玄関を出た。

夜の帳《とばり》が下りた鎌倉河岸に冷たい風が吹き、豊島屋の店の前に人だかりが出来ていた。

一行の姿を認めた常丸が、

「若親分、とっ捕まえたぜ。年寄りの巾着を狙う餓鬼どもをさ」

と言った。

「手柄でしたね」

そこへ宗五郎も到着した。

「親分、野郎ども、うちの縄張り内の鎌倉河岸で一稼ぎしようと考えたのが運の尽き」

彦四郎がさ、最初に舟の上から見て、怪しげな餓鬼がうろついていると知らせてくれたのが夕暮れ前だ。ところがどこを探してもいねえ、いったん金座裏に引き上げたところに庄太が飛び込んできやがった。おれたちがおっとり刀で駆け付けると彦四郎がさ、年寄りを狙おうとした餓鬼どもを相手に大立ち回りの最中だ、それでおれたちも加わり、全員を引っくくったところだ」

と手際よく説明した。

「餓鬼どもはどこにいる」

宗五郎が聞いた。

「番屋に連れて行く前に店の中に入れたところだ」

宗五郎らが豊島屋の店に入ると、いつもとは違う光景が広がっていた。

広い三和土《たたき》の一角に薄汚れた風体で目だけをぎらつかせた七人の餓鬼どもが正座させられていた。

腰縄を打たれた七人に八百亀が身許を聞き取り、稲荷《いなり》の正太《しょうた》がそれを捕物帳に控えていた。

その一行を睥睨《へいげい》するように彦四郎が紅潮した顔で睨み据えていた。六尺（約一八〇センチメートル）を優に超えた身丈の彦四郎に睨まれては、七人もおとなしくしている他はない。

「手柄だったな」

宗五郎の声に八百亀が振り向き、

「親分、手柄は鎌倉河岸の関羽《かんう》様だ」

と彦四郎を見上げた。

「彦四郎、ご苦労だった。怪我《けが》はないか」

「親分、怪我もなにもこやつら、鎌倉河岸がどこにあるかも知らない連中だぜ。下野国の在所を逃れて江戸にやってきた餓鬼どもだ。年寄りの巾着を盗めても、この彦四郎の手から逃れられめえ」

と彦四郎が胸を張った。

「親分、富岡八幡宮も奥山もこやつらの仕業だ。一件落着だね」

と八百亀が宣言すると弥一が、

「親分、増上寺門前の一件はこやつらじゃないよね」

と悲鳴を上げた。

「どうした、弥一。折角《せっかく》のおまえのご注進だが、こやつらを番所に引っ立てて調べれば直ぐに白黒付くぜ」

「畜生」

　と弥一が吐き捨て宗五郎に、

「親分、手柄は八百亀の兄さんとでっけえ船頭が攫《さら》っていくのか」

　というと、がっかりした顔をした。

「弥一、まあ、そうせっかちになるねえ」

　と弥一を宥《なだ》めた宗五郎が、

「八百亀、この七人をいつまでも豊島屋の店ん中に土下座させていたんじゃあ商いの邪魔だ。ご苦労ついでだ、番屋に連れていきねえ」

　と宗五郎が命じた。するとそこへしほが帳場から飛び出してきて、

「親分、八百亀の兄さん、ちょっと待って下さいな。この子たちもお腹を空かしているると思うの。田楽を食べさせてから、番屋に連れていってもいいでしょう。旦那様がそう仰っているの」

　八百亀が許しを乞《こ》うように宗五郎を見た。

「こやつら、当分もっそ飯の暮らしが続くんだ。鎌倉河岸名物の田楽なんぞは食べられめえ。清蔵さんの心遣いだ、食べさせてから連れていけ」

　と宗五郎が許した。

「八百亀の兄さん、しばらく腰縄を緩めて下さいな」

としほが頼み、戒《いまし》めを解かれた七人が酒の空樽《あきだる》に座らされた。そこへ小僧の庄太らがぷーんと山椒《さんしょう》と味噌の匂《にお》いが漂う豆腐田楽を運んできて、七人のぎらぎらとした目が一瞬弛んだ。

「どぶ鼠が腹下しだと思ったら、七人の腹っぺらしが代わりに舞い込んできたよ」

と満更でもない表情で清蔵が呟き、いつもとは変わった鎌倉河岸の夜が更けようとしていた。

# 第二話　腎虚の隠居

## 一

「おや、なんで弥一《やいち》が住み込みみてえな面《つら》で金座裏の台所にいるんだ」

しらっ茶けた顔とひょろりとして風に吹かれそうな痩《や》せた体で台所に姿を見せた亮吉《りょうきち》が、皆と一緒に膳を前に朝餉《あさげ》を食べる弥一に言った。

「亮吉兄さんが使いものになりそうにないってんでさ、おれが兄さんの後釜《あとがま》に入ったんだ。この膳は兄さんのものだぜ」

味噌《みそ》汁椀《しるわん》から具の千切り大根と油揚げを頬《ほお》張《ば》りながら、弥一が平然と応じた。

「な、なんだと」

と拳《こぶし》を振り上げかねないほど血相を変えた亮吉だが、腹に力が入らないせいで迫力がないこと夥《おびただ》しい。

「常丸《つねまる》兄い、どういうこった」

「そういうこった」

「そういうこったって」

「だから、そういうこった」

と手下たちが口を揃《そろ》えた。

「金座裏《きんざうら》の亮吉は見捨てられたってことか」

「そういうこった」

亮吉が愕然《がくぜん》と板の間の入り口に腰を落とした。

「金座裏に独楽鼠《こまねずみ》ありと謳《うた》われた亮吉が芋菓子にあたり、一夜にして凋落《ちょうらく》か。ふうーっ、秋風が身に染みらあ」

と芝居もどきに虚空を睨《にら》む亮吉の視界におみつとしほが入ってきて、

「亮吉、腹は治ったか」

「お上さん、腹は治ったが、力がいま一つで踏ん張れねえ。厠《かわや》で腹に力を入れようとすると、水っぽいミが出てくらあ」

「どぶ鼠、おれたち、朝飯の最中だぞ!」

と常丸に怒鳴られ、おみつには、

「しようがないね、亮吉、朝飯は食べたかえ」

「未《ま》だだよ」

「だれかかゆを作ってやんな」

と女衆に声をかけた。

「私が作るわ」

しほがてきぱきと行平鍋《ゆきひらなべ》を出して、かゆの用意を始めた。

しほの自信に満ちた様子にいつ金座裏に入り、政次《せいじ》の嫁になってもいいな、とおみつは思ったものだ。

「おかずは梅干でいいわね、亮吉さん」

「しほちゃん、かゆも梅干もいいが、おれの膳はあるよな」

「十三、四の弥一にからかわれて本気にする馬鹿がどこにいる。体より頭のねじがだいぶ弛《ゆる》んでいらあ。常丸、亮吉は当分使い物にならないよ」

おみつに怒鳴られた亮吉の顔に喜色が走り、

「なにっ、弥一の話は嘘か」

と言い返した。

「お上さんのいうとおりだ。この分じゃあ町廻《まちまわ》りは無理ですぜ。台所でなんぞ使い道はありませんかえ」

と常丸に吐き捨てられ、おみつに、

「ないない」

と、にべもなく手を横に振られた。それでも亮吉は、

「むじな長屋よりなんぼかいいや」

と胸を撫《な》で下ろした。

だれもが亮吉の復帰を喜んでいた。素直に喜びの言葉をかけるより、亮吉が発奮することを承知のおみつや常丸の手だった。

「亮吉、金座裏にようも戻ったな」

政次の声がして、朝稽古《げいこ》帰りの政次が台所に顔を覗《のぞ》かせた。

「若親分、金座裏もこれで安泰だぜ」

にやり、と笑った政次にしほが、

「今朝は早いわね」

「いつも皆に迷惑かけているからね、今朝は早めに稽古を切り上げたんだ」

と答えた政次が、

「亮吉、腹具合はどうだ。もう出歩いていいのか」

と加減をさらに尋ねた。

「おっと、亮吉、さっきみたいに答えるんじゃねえぞ。若親分もおめえが厠でどうこ

うしたなんて聞いてはなさらないんだ。元気かどうかだけ、答えろ」

常丸に釘《くぎ》を刺され、頷《うなず》いた亮吉が、

「若親分、お袋が小煩《こうるさ》くて適《かな》わねえ。腹具合より気がくさくさしてさ、金座裏に早々に戻ってきたんだ」

「兄さん、お袋じゃねえ、お菊《きく》さんに愛想尽かしされてよ、むじな長屋を出てきたんじゃないかい」

と伝次《でんじ》が割り込んだ。

「そんなんじゃねえやい」

と応じる亮吉に政次が、

「亮吉、無理はするな。当分、金座裏に控えて、体に力が戻るように努めるんだ」

と諭すと、

「うんうん」

と素直に答えた亮吉の目がなんとなく潤んでいた。

亮吉の復帰は喜ばしいことだが、町廻りの激務に耐えられる体に復調していないのも歴然としていた。

「政次さん、亮吉さんの膳も奥に運ぶわ、今朝は一緒に朝餉を食べて。おかゆが炊き上がるのにしばらく時間がかかるけど、いい？」

しほが言い、

「私は構わないよ」

と政次が頷いた。

下野国《しもつけのくに》鹿沼《かぬま》から七人連れで江戸に逃げ込んできた少年らの年寄り襲撃事件は、御城近くの鎌倉河岸で仕事をしようとして彦四郎《ひこしろう》に捕まり、北町奉行所の手で調べが行われた。

その結果、富岡八幡宮の一件も浅草奥山の年寄り襲撃も十四歳の末吉《すえきち》を頭にした七人組の仕業と分かった。だが、増上寺門前で金貸しの三橋の小兵衛《こへえ》を襲ったことはないし、まして刃物で相手を傷つけたことは一度もしてないと頑強に否定した。

事実、末吉一味はだれ一人として、刃物を持参している者はいなかった。塒《ねぐら》は寺社の建物の床の下などに筵《むしろ》に包《くる》まって寝泊まりしていたらしく、体じゅうが垢《あか》だらけだった。

年寄りから強奪した六十余両の大半は七人が小分けして懐に仕舞いこんでいた。末吉の証言によれば食い物以外に銭は使っていないという。百両貯《た》めて鹿沼に戻る企《くわだ》てだということも判明した。

北町奉行所では年寄りに大した怪我《けが》もなかったこと、強奪された金子《きんす》の大半が回収されたこと、さらには近年、下野国一帯が凶作で在所にいても腹を空《す》かす暮らしが続いていたことなどを考慮し、代官所を通じて鹿沼に送り返すことで一応の決着を見ていた。

となると未解決に残るは金貸しの小兵衛殺しの一件だ。むろん内山町の小兵衛の家は宗五郎の命《めい》で、内山町の炭屋の中二階に見張り所を設けて昼夜見張られていた。

「若親分、おれたちは一足先に内山町にいっておりますぜ」

と常丸が膳から立ち上がった。

「昨日、弔いを終えたばかりだ。今日明日の内に異変があるかどうか分からないが、娘婿の登兵衛《とうべえ》らの動きを見張るしかあるまい」

「わっしの勘だと意外に早く動くね」

常丸がいい、波太郎《なみたろう》や弥一らを伴い、金座裏から出ていった。すると急に台所が寂しくなった。

「亮吉、居間にいかないか。そのうち、おまえの粥《かゆ》も炊き上がろう」

政次の誘いにへたり込んでいた亮吉が、

「ふえいっ」

と返事をして、

「腹に力が入らないというけど、亮吉、どこか体に大きな穴が空いて空気が洩《も》れてんじゃないか」

とおみつに睨まれた。

「お上さん、十三里の罰は大きかったぜ。おれ、金輪際、芋の悪口は言わねえし、口にしねえ」

と神妙な顔をして、立ち上がった。

居間に通った亮吉は神妙にも宗五郎の前に正座し、

「親分、迷惑かけてすまねえ」

と詫《わ》びた。

「話は筒抜けに聞こえてきた。まあ、床から這《は》い出せてよかったな」

「やっぱり町廻りは駄目かねえ」

「おめえの顔色を見りゃあ、答えは知れていらあ。まあ、しばらく金座裏でごろごろしていねえ。その内、気力も戻ってこよう」

「外廻りすると気持ちも清々すると思ってよ、むじな長屋からひょろひょろと這い出してきたんだが、やっぱり無理か」

「今度の一件はいい薬だったぜ。もう亮吉も無理食い無理飲みする年を過ぎたってことだ」

「一皮すっきり剝《む》けてよ、いい大人になるといいがねえ」

「無理だな」

という声が鴨居《かもい》辺りから降ってきて、彦四郎が姿を見せた。

「龍閑橋《りゅうかん》を亮吉が風に煽《あお》られながらふらふら歩いているのをうちの船頭が見たってんで飛んできたんだ」

朝の間ひと働きした彦四郎は、亮吉の体を案じて飛んできたようだ。

「お待たせ、おかゆが出来たわ」

と、まず亮吉の膳が運ばれてきた。行平鍋のかたわらに大きな梅干が二つ添えてあった。

「かゆに梅干か、あの世にいく前の年寄りが食うもんだぜ」

といいながらも行平の蓋《ふた》を上げた亮吉が、

「おおっ、黄身がかかっていらあ」

と破顔した。

続いて政次の膳が運ばれてきたが、こっちは小鮒《こぶな》の甘露煮《かんろに》に野菜の煮付けに納豆が添えられてあった。

「里芋か、いいな」

「亮吉、最前、芋は口にしないと言わなかったか」

と宗五郎に言われ、

「そうか、里芋も芋のうちか」

と力なく答え、行平の黄身を箸《はし》の先で潰《つぶ》した。

政次と亮吉の二人が宗五郎、おみつ、しほ、それに彦四郎が見守る中、朝餉を食べ終えた時分、金座裏に客があった。

さっと立ち上がり、しほが応対に出た。直《す》ぐに戻ってきたしほが、

「親分、三河町の美扇堂《びせんどう》の若旦那と内儀がお見えになってます。通って頂いてよろしいですか」

と聞きに戻ってきた。

「扇屋の粂太郎《くめたろう》さんが」

と答えた宗五郎が、

「上がってもらえ」

としほに言った。

「おれは仕事に戻るぜ」

と彦四郎が居間から立ち上がり、亮吉も台所に下がった。

おみつと女衆が二つの膳を片付け、庭の障子を開けて空気を入れ替えたところに美扇堂の当代の主《あるじ》の粂太郎と隠居の女房のおふくが険しい顔で姿を見せた。

「親分、朝早くからすいませんね」

と粂太郎が恐縮の体で挨拶《あいさつ》し、

「粂太郎さん、内儀、まずは長火鉢の前に座りねえな、外は朝晩冷え込むようになって火が恋しいやね」

と二人を長火鉢の前の座布団に招き寄せた。

「どうしなすったえ、深刻な顔をしてさ」

「親分、内輪の話でみっともないが、だれに相談するというわけにもいかず、金座裏の知恵を借りにきた」

宗五郎の傍《かたわ》らにいた政次は、隠居の好左衛門《こうざえもん》が吉原の女郎に惚《ほ》れて居続けをしていると駕籠《かご》かきの繁三《しげぞう》から聞いたばかり、

「ああ、あの一件か」

と思い当たったが黙っていた。

「粂太郎さん、内儀、うちの跡取りの政次だ」

「親分、松坂屋の手代さんだった政次さんだね、この界隈《かいわい》で若親分を知らない者はいないよ。ねえ、おっ母さん」

「親分、わたしゃ、松坂屋時代からよく承知だよ。まさか金座裏に入ろうとは夢にも考えなかったけどね」

「ならば話が早いや。ここにいるのはおれと政次の二人だけだ。なんの遠慮もいらねえ、なんでも話しなせえ」

と宗五郎に言われて粂太郎が、

「親父のこってすよ」

「好左衛門さんのことだと」

「還暦を五年も前に祝われたという年寄りが吉原の女郎に惚れて、通い詰めなんですよ」

「それは元気だねえ、うらやましい限りだ」

「親分、うちの身になって下さいよ。最初はさ、こっそり、自分の小遣いで遊びに行っていたようですが、近頃では蔵の銭箱から店の金子を大胆にも持ち出すようになりましてねえ、奉公人にも示しが付きません」

「それは困った。これまで持ち出された金子はどれほどですかえ」

「ざっと五百七十両は超えておりましょう」

「そいつは大金だ」

「親分さん、倅《せがれ》にも嫁にも言い訳一つできませんよ。いえ、この年です、悋気《りんき》で申していているんじゃあございません。昨日はなんと粂太郎が申したとは別に、私が小文庫に隠し持っていた二百両を持ち出して、吉原に出かけたようなんです」

「それでおっ母さんと金座裏に相談に来たってわけなんです」

「話はおよそ分かった」

おみつとしほが茶を運んできて話は中断した。

「おみつさん、いい倅が見えたねえ」

おふくがおみつに言い、

「松坂屋の隠居の松六《しょうろく》様のご好意ですよ」

「さすがに古町《こまち》町人同士、やることにそつがないとうちでも話したことですよ」

というおふくに代わり、粂太郎も、

「若親分、今度、うちにしほさんを連れて見えませんか」

と如才なく言う。

「それは構いませんが、なにかございますので」

「政次さんとしほさんは所帯を持つんですよね」

粂太郎が念を押した。

「粂太郎さん、よう承知だ。二人がうちの跡取りだ」

と宗五郎が答えた。

「親分、だからね、祝言《しゅうげん》のときの花嫁御寮《ごりょう》の扇子、うちで用意させてもらいますよ。道々、おっ母さんとそんなことを話してきたんですよ」

「そういうことかえ、そんときは頼もう」

宗五郎の苦笑いを潮におみつとしほが台所に下がった。

話が再開された。

「好左衛門さんの相手は分かるかえ」

「町内の鳶《とび》の親方の話ですと、揚屋《あげや》町《まち》の蜂須《はちす》賀《か》萬《よろず》屋のひね文字《もじ》というらしいのですがね」

「引手《ひきて》茶屋はどこだえ」

「茶屋ですか、存じません」

吉原は詳しくないのか、粂太郎はそう答えて、首を横に振った。

「美扇堂さん、隠居は世の中の酸いも甘いも承知の方だ。その隠居が女郎に惚れた。どう決着つけるのが望みだい」

「親分、女郎を落籍《らくせき》することもできるそうですね、でも、わたしゃ、これ以上、倅に金を出してくれなんて頼めませんよ。これまでのことは致し方ない、夢を見たと思って女郎と別れてくれることが一番いいんですがね」

とおふくが答えた。

「内儀、岡場所は銭があるうちが華、隠居が店から金子を持ち出すことを厳しくすれば自然と吉原通いも遠のくと思うがねえ」

「そうも思うけどさ、親分、相手の女郎の手練《てれん》手管《てくだ》に誘い出されるのでないかねえ。それを倅と心配しているんですよ」

「どうすればいい」

「だから、親分、相手の女郎にあって、うちの隠居にこれ以上金子を絞りとるようなことをしないでくれと話をしてくれませんか」

宗五郎も
うーむ

と唸《うな》った。

還暦を過ぎた老人の吉原通いを止めることなど他人に出来るわけもない。だが、縄張り内のことだ。そんな野暮が出来るかと追い返すわけにもいかない。それに都合七百七十両と遊び代も嵩《かさ》んでいた。

その辺に打開の策はあるか。

「粂太郎さん、内儀、任せておいてくれと胸は叩《たた》けねえが、一度吉原の大門《おおもん》を潜《くぐ》ってみようか」

「頼みます」

と母子が頭を下げた。

二

「親分、ちょいと待ってくんな」

金座裏を出て本町から大伝馬町《おおてんまちょう》を抜けて通旅籠町《とおりはたご》に入ったとき、亮吉がそう叫ぶと、在所から江戸に上がってくる公事宿《くじやど》相州屋に飛び込んでいき、

「番頭さん、厠貸してくんな」

と叫ぶと脱兎《だっと》のごとくに奥に消えた。

羽織の裾《すそ》からちらりと一尺六寸（約四八センチメートル）の金流しの十手の先を覗かせた宗五郎は苦笑いして顔馴染《かおなじ》みの番頭に、

「亮吉のやつ、病み上がりなんだ。すまねえな」

と苦笑いして詫びた。

縄張り内のことだ。番頭も、

「金座裏の親分さんさ、病人の手先でなんぞ役に立つかえ」

と聞き返した。

美扇堂の親子が金座裏を去ったあと、宗五郎は政次に、

「小兵衛殺しの差配」

を頼んで、自ら吉原に出向いてみることにした。

「親分、たれぞ手先を付けましょうか」

「こっちは事件じゃねえ、一人で十分だ」

と答えて政次を内山町へ送り出した。すると台所から亮吉が顔を出して、

「親分、出先でなにが起こるとも知れないぜ、おれが付いていこう」

と言い出した。

「吉原と聞いて目の色が変わったよ、おまえさん」

と亮吉のあとから姿を見せたおみつが亮吉を見た。

「なんにしても欲気が出れば病も治る兆候だろう」

宗五郎は亮吉の同行を許したが、早速この有様だ。

（やはり無理だ、金座裏に帰そう）

と宗五郎が煙草《タバコ》を一服吸い終えたところに亮吉がどこか頼りなげな顔付きで現れ、

「親分、すっきりした。これで大丈夫だ」

とさっさと通油町へと歩み出した。

亮吉は金座裏に戻れと言われないように機先を制したつもりらしい。番頭が呆《あき》れ顔で、

「親分、苦労するぜ」

と主従を見送り、二人は通塩町から横山町を経て両国西広小路の西側に出て浅草橋で神田川を越えた。するとまた亮吉の内股《うちまた》になった腰が落ちて、よじれるような歩き方で進んでいたが、

「親分、すまねえ」

と路地の奥に飛び込み、裏長屋の厠でも探しに走り込んだ様子だ。そして、今度は長いこと姿を見せなかった。

「やはり帰そう」

宗五郎が通りがかりの空駕籠を止めたとき、亮吉が現れた。

「親分、度々迷惑かけたが、もう大丈夫だ。腹ん中にかゆ粒一つ残ってねえ」

宗五郎が駕籠を顎《あご》で差し、

「亮吉、無理だ。金座裏に帰りねえ」

「親分、ここで戻れなんて殺生だぜ。もうなんともねえからさ」

と言い張った。

半信半疑の宗五郎だったが、当人の亮吉の言葉を信じて思い直した。

「金座裏の親分、駕籠どうするね」

駕籠かきは宗五郎を承知か、聞いた。

「よし、こいつを乗せて吉原に行ってくんな」

「えっ、おれが駕籠に乗って親分が歩いていくのか。世の中、逆さまだぜ」

「病人がぐずぐず抜かすな。乗らねえと金座裏に追い返すぞ」

と宗五郎に一喝された亮吉が、

「手先のおれが駕籠だって」

と嬉《うれ》しそうな顔で駕籠のたれを上げて這いずり込んだ。

「鎌倉河岸のどぶ鼠め、駕籠の乗り方も知らないぜ」

とぼやきながらも後棒が亮吉の脱ぎ捨てた冷や飯草履の裏をぽんぽんと打ち合わせて重ね、駕籠の背に差し込んだ。

「こいつ、腹が弛んでいるんだ。そっとやってくんな」

と宗五郎が注意して、駕籠はそろりそろりと蔵前通りを北に向かった。

それでも吉原の大門前に辿《たど》り着くまでに二度駕籠を止めて、手近なお店や茶屋の厠を借りた。

「亮吉兄い、下りねえ。これから先はお大尽でも大名でも駕籠の乗り入れは駄目なんだよ」

「駕籠屋さんよ、だれに向かって説教たれてんだえ。金座裏の亮吉様だぜ。大門を駕籠で乗り入れ出来るのは医師だけと決まっていらあ。だけどよ、医師がよくて病人が駄目というのはおかしかないか」

「親分、下り腹の手先が能書きたれ始めたぜ、厄介だねえ」

と同情した。

宗五郎は苦笑いして、駕籠代に酒手《さかて》をつけて払い、大門を潜った。まず大門内左側の町奉行所隠密方与力同心が詰める面番所に顔を出して、挨拶した。

金流しの十手の親分の顔を知らない町方役人はいない。なにしろ二代目宗五郎は手首を斬り落とされても幕府の金蔵を守り通したというので三代将軍家光に拝謁が適い、天下御免の金流しの十手を許された御用聞きで、ただ今の宗五郎は九代目だ。

古町町人の上、当代様ともお目見えだ。

「なんだ、金座裏。吉原に御用か」

と知り合いの隠密同心が声を掛けてきた。

「いえ、旦那。そうじゃねえんで。うちの町内の隠居が吉原に入り浸《びた》りでね、家族から引取りを頼まれたんですよ」

「野暮用ときたか。ご苦労なこったぜ」

「全くで」

隠密同心に苦笑いで見送られた宗五郎は、面番所と向き合ってある吉原会所を訪ねた。

幕府公認の吉原は町奉行所の管轄下にあった。

だが、鉄漿溝《おはぐろどぶ》と高塀に囲まれた二万七百余坪の遊里の治安と警備を実際に担当しているのは吉原の遊廓《ゆうかく》、茶屋の旦那衆が指導する自治組織、吉原会所であった。

町奉行所隠密廻りの与力同心は、三度三度の馳走《ちそう》と送り迎えの船、さらには節季節季の小遣いに骨抜きにされ、その権限を吉原会所に譲り渡していたのだ。

亮吉は吉原会所の前で番方の吉次《きちじ》と話していた。

「金座裏自ら吉原に乗り込まれるとは珍しいね」

会所の長半纏《ながばんてん》を着た吉次が笑いかけた。

「隠居様のお迎え役とは引き合わねえが、縄張り内の頼みとあれば致し方もあるまい」

「相方はだれだえ」

「揚屋町の蜂須賀萬屋のひね文字という女郎だ」

「振新《ふりしん》のひね文字か」

と遊廓内の事情に通じた吉次がなんとなく首肯《しゅこう》し、

「蜂須賀萬屋ならば五十間道《ごじっけんみち》の引手清水屋のはずですぜ」

と教えてくれた。

吉原に遊ぶ上客がいきなり妓楼《ぎろう》に上がることはない。廓内か五十間道の引手茶屋に上がり、一服してそこから馴染みの妓楼へと送られていくのだ。

「蜂須賀萬屋は中見世かねえ」

「へえっ、半籬《はんまがき》でさあ。近頃なかなかの繁盛見世ですぜ」

「番方、楼主はだれだえ」

「何年も前までは女衒《ぜげん》だった男の虻八《あぶはち》って旦那でね、客の好みも女郎の扱いも心得てます。それだけに蜂須賀萬屋は千客万来ですよ」

「会所に苦情はないかえ」

番方の吉次が苦笑いして、

「陰では忘八《ぼうはち》と呼ばれる旦那ですよ。他の妓楼からちょいと蜂須賀萬屋のやり口は阿漕《あこぎ》じゃないかとか、客筋から揚げ代が高いなんて話はちょくちょくでしてね。うちでも様子を見ているとこなんで」

忘八とは、孝、悌《てい》、忠、信、礼、義、廉、恥の八つの道徳を忘れる場所が遊里ということで、妓楼の主はそれを忘れなければ勤まらないといわれていた。

「引手茶屋の清水屋とは入魂《じっこん》か」

「虻八が蜂須賀萬屋の見世の権利を買い取ったあとに関《かか》わりが出来たと思いますよ。女衒上がりが妓楼の主では付き合えないと、それまで先代の蜂須賀萬屋と付き合いのあった引手茶屋はすべて手を切ったんで」

「先代と付き合いのあった引手を教えてくれないか」

「仲ノ町の引手土蔵屋もその一軒ですよ」

と番方が吉原の大通りの左側を指して教えた。

「番方、有り難うよ」

「金座裏の、なんぞ手伝うことがあったら遠慮なく申して下さい」

「吉次さん、爺様一人を連れて帰るだけだ。まず騒ぎにはなるめえ」

と宗五郎が会所の好意を謝して、仲ノ町の通りを進んだ。

秋の日差しが穏やかに降り注ぐ昼前のことだ。

どことなく廓内に気だるい空気が漂い、長閑《のどか》にも野菜、花、魚と物売りが辻《つじ》ごとに店を広げて、妓楼や茶屋の女衆が品定めをしていた。傍らには犬が寝そべり、番頭女郎に使いを頼まれた禿《かむろ》が棒手振《ぼてふ》りの商いを覗いていた。

水道尻《すいどじり》に向かって仲ノ町の左側に引手茶屋の土蔵屋はあった。吉原では大門口の七軒茶屋に次いで格式のある茶屋だった。

「亮吉、おまえは表で待っていねえ」

と命じた宗五郎は、

「ご免なさい」

と訪《おとな》いを告げた。すると、はい、奥で小気味よい返事があって女将《おかみ》が姿を見せた。

「おみなさん、久しぶりだな」

江戸小紋をきりりと着こなした女将のおみなは、三十六歳、背筋が通った婀娜《あだ》な風姿だった。本石町《ほんこく》の旅籠の娘で、宗五郎とは幼い頃からの顔見知りだ。

「おや、金座裏の九代目のご入来とはまたどうしたことで」

「野暮用を済ます前におみなさんに知恵を貸してもらおうと邪魔をしたんだ、許してくんねえ」

「九代目、知恵とはなんですね」

「いやさ、蜂須賀萬屋のことだ」

とざっとした事情を告げた。

「なんと美扇堂の隠居がねえ」

と驚いた様子のおみなが、

「女衒の虻八を吉原でなんとよぶか親分承知ですか」

「忘八と呼ぶそうだな」

「それも極めつけなんです。商い一筋の堅物《かたぶつ》の美扇堂の隠居の好左衛門さんを手玉にとるくらいは朝飯前ですよ」

「振新のひね文字だけの知恵ではないんだな、女将」

「ひね文字って、振新は知りませんがね、まず楼ぐるみ隠居を骨抜きにして最後の最後まで絞りとる気ですよ。女衒が楼の主になって悪いことはありません。だけどね、過ぎた忘八はいけませんよ」

振新とは振袖新造《ふりそでしんぞう》の略で、姉様女郎の花魁《おいらん》付きの、十六、七歳の妹女郎のことだ。普段は赤地の振袖を着せられているので振袖新造、振新と呼び、歯はまだ鉄漿ではなく、

「白歯」

だった。

振新にも二つの道があった。

禿から振袖新造になる者と、在所から金で買われてくる振新の二種類だ。

禿は吉原の華の花魁になるために姉様女郎の下で文芸華道香道茶道といろいろと教育を受けた。この振新の段階で身を売ることはない。

だが、十六、七歳で在所などから買われてきた振新は揚代を払えば、床入りも出来た。

「女将さん、邪魔をしたな」

宗五郎が礼を言って茶屋の玄関を出ようとすると、親分さん、とおみなが呼んだ。

「忘八の好き放題を吉原が見逃しているのはなぜかご存じですか」

「会所では様子を見ているとこだといったがな」

「それもありましょうが、蛇八の兄さんは橋場《はしば》で渡世の看板を上げている橋場の海造《かいぞう》ですよ。そこには流れ者の剣術家やら渡世人がごろごろしてましてね、海造の一声でなんでもしようという連中です」

「吉原会所が渡世人に遠慮していると言いなさるか」

「とは申しませんが、どことなくいつもより動きが鈍いように感じております」

とおみなが言い切った。

「おみなさん、いいことを聞かせてもらいましたよ」

「金座裏、吉原の大掃除お願い申します」

「さて、そこまで手が広げられるか」

表に出てみるとぼうっとした顔付きの亮吉が妓楼の二階から顔を覗かせた遊女を眺めていた。

「亮吉、魂を吸い取られたか」

「かもしれねえ。やっぱり吉原《なか》はいいいな」

「よだれが垂れてるぜ」

亮吉が慌てて拳で拭《ぬぐ》い、

「親分、本気にしたぜ」

といぅと二人の会話が聞こえたか、二階の遊女が笑った。

「花魁、おまえさんの美しさに見惚《みと》れていたそうな」

「金座裏の親分さん、手先抜きで遊びにきて下さいな」

「おれだけに誘いか。亮吉からどやしつけられるぜ」

と苦笑いした宗五郎と亮吉は揚屋町に入っていった。

半籬の蜂須賀萬屋は揚屋町と西河岸の境の木戸口南側にあった。

「ご免なさいよ」

と暖簾《のれん》を掻き分けて妓楼の玄関を通ると番頭と男衆が若い女郎を土間に引き据えて折檻《せっかん》をしていた。娘は十八、九歳か、ざんばらに髪が乱れ、着ている振袖も水に濡《ぬ》れていた。

「だれだえ」

竹棒を持った男が怒鳴った。

「真昼間から見世先でちょいと乱暴じゃねえか」

「うるせえ、叩《たた》き殺すぞ」

「ほう」

と宗五郎が土間を睨み回した。

「気にいらねえ野郎だ」

竹棒を手にしていた男がいきなり宗五郎に殴りかかってきた。

その瞬間、素手の宗五郎が相手の内懐に入り込み、手首を逆手に捻《ひね》ると、
えいいっ！

と気合を発したと思うと相手の体が虚空を舞って、どさり、と男は土間に叩きつけられて気絶した。

「やりやがったな！」

匕首《あいくち》を抜き放った者がいった。

「てめえら、金座裏の九代目宗五郎親分と承知でかかってくる気か。一の子分の亮吉が許さねえ！」

病み上がりの亮吉としては、迫力の籠《こも》った啖呵《たんか》が飛んだ。

「なんだって、金座裏の親分だと」

「まずいぜ」

「これっ、刃物なんて振り回す馬鹿がいますか。仕舞って仕舞って」

番頭らが慌ててその場を取り繕《つくろ》い、

「この女を奥に連れていけ」

と、ざんばら髪の娘を奥へと引きずっていった。ついでに気絶した兄貴も仲間に引きずられて消えた。

「どうしたえ」

「仕事に身が入らないんでさ、躾《しつけ》の最中でさ。こっちも高い銭出して買ってきた女だ。しっかりと働いてもらわねえとね。金座裏の親分、見逃して下さいな」

「おまえさんは」

「番頭の寿助《じゅすけ》で」

「躾といわれれば口出しのしようもないが、無理は禁物だぜ」

「へえっ、親分」

と答えた寿助が、

「なんぞ御用で」

と宗五郎の顔を上目遣いに見た。

「野暮は承知でな、客を迎えにきたんだ」

「金座裏の親分が客の迎えですって」

「縄張り内の話だ、家族に頼まれりゃあ、致し方ねえ。振新のひね文字のとこに美扇堂の隠居の好左衛門さんが居続けているな」

「そうでしたかねえ、私は……」

「知らないというかえ」

「寿助、ちょいと二階座敷に上がらせてもらうぜ」

と宗五郎が雪駄を脱ぎ、玄関から廊下に上がった。番頭が制止しようとしたが、宗五郎は大廊下へ回り込んでいた。

番頭がなにかを叫びかけたが、

「止《や》めな」

と亮吉が止めた。

「番頭さん、親分が美扇堂の隠居と話される間、静かにしてねえか。それがおまえのためだぜ」

「畜生」

「妓楼の番頭さんが畜生はねえな」

と亮吉が腹下りのせいで、頬《ほお》が殺《そ》げた顔で凄《すご》んだ。

# 三

新造は大事な客と死に別れ

宗五郎は古川柳を思い浮かべた。

布団を重ねたところに背を委《ゆだ》ね、こけた頬の口をぱっかりと開けて大股《おおまた》を開き、片手は若い新造女郎の股座《またぐら》に突っ込んでいた。

好左衛門の恰好《かっこう》は干からびた秋刀魚《さんま》を思わせた。

前に置かれた土鍋では黄身を割り入れた猪《いのしし》の肉がぐつぐつと煮えていた。

ひね文字は上体を好左衛門に預けるようにして股座に手を入れさせていたが、宗五郎の気配に、

「姉さんかえ、好左衛門の旦那、もうなんも出やしないよ」

と言いかけ、姉女郎ではなく宗五郎と気付くと、

「だれだい」

と気だるく問いかけた。

「美扇堂の隠居」

宗五郎が呆《ほう》けた顔の好左衛門に呼びかけた。

ぽかんと開かれた口がもごもごと動き、

「ひね文字、もう卵も肉もいいよ」

と応じながら、とろりとした目で宗五郎を見た。その顔にゆっくりと表情が現われ、

「金座裏の親分か」

「親分かじゃねえぜ。倅やお上さんに言われて浅草裏まで出てきたが、家族の心配も無理はねえ。隠居、若い女郎に尻のけばまでむしりとられ、精を出し尽くして死ぬぜ」

「それが望みだ」

「それならそれでいいさ。おれがこうして金座裏から出張ったんだ。いったん家に戻り、家族と水盃でもして出直しねえ」

「旦那、この人、だれですねえ」

ひね文字が目を吊《つ》り上げた。

好左衛門がひね文字の股座に突っ込んでいた手をゆっくりと抜くと、

「おまえのここは極楽浄土だよ」

と言い、

ひっひっひ
と笑いかけた。

「旦那、ならばさ、また閨《ねや》に入ろうか」

と緋の長襦袢《ジュバン》から白い足を恥ずかしげもなく宗五郎の目に晒《さら》して見せたひね文字は隣座敷を見た。

「ひね文字、吉原の慣わしの一つも姉様女郎や主から教えられなかったか。女郎だからこそ、やっちゃならねえことはあるんだぜ。年寄りの精まで吸い尽くすなんぞは間違ってもやっちゃならねえ」

宗五郎が片膝《ひざ》を突くとひね文字の振袖を着ただけの好左衛門に、

「隠居、着替えねえ」

と命じた。

大きく肌蹴《はだけ》た好左衛門の襟《えり》の間からあばら骨が浮き出て見えた。

「金座裏、ここは極楽だ。帰りたくないよ」

「極楽も金次第だ。内儀の文箱から持ち出した二百両、まだ残っているかえ」

と宗五郎の声に廊下から、

「へえっ、内証ですがね、とっくに使い果たし、百何十両がつけになっていますのさ」

　と大きな顔にげじげじ眉《まゆ》が黒々と盛り上がった男が姿を見せた。

「おまえが忘八かえ」

「驚いたぜ、面と向かって忘八と呼ばれたのは始めてだ。おれには虻八という立派な本名があるんだぜ、親分」

　と座敷にどっかと胡坐《あぐら》を搔いた。

「そうかねえ。この吉原の人がおまえさんを忘八と呼ぶにはそれなりの理由があってのこととみたがね」

「煩いね、ここをどこだか承知だろうね。御用聞き風情が色里御免の商売の邪魔をするんじゃないよ」

「忘八、本日は美扇堂の隠居を連れ戻るだけだ。その先、隠居がまたおまえの楼に上がろうと上がるまいとおれの知ったこっちゃねえ」

「えらいふざけた啖呵だねえ。つけの百何十両は金座裏が払うというのかえ」

「強欲をかくんじゃねえ。このまま好左衛門さんをおまえの楼に預けておくと精を吸い取られて早晩死んでしまわあ。そんとき、吉原会所や隠密廻りが入ると、ただじゃすまないぜ」

「大きなお世話さ。百何十両のつけを払うか、おまえさんが一人ですごすご楼から引き上げるか、二つに一つだ」

「虻八、そう金金と言いたてるならば、おめえの腐った目に本物の金を見せてやろうか」

片膝を突いていた宗五郎が腰の帯に斜めに差し落としていた金流しの十手を、

はらり

と抜いた。

「虻八、これ以上がたがた抜かすと、金流しの十手をひと舞い振り回すことになるぜ。こんな中見世なんぞ、家光様お許しの金流しの十手が叩き壊すのはわけない。それでもおれと隠居の前に立ち塞《ふさ》がる気か」

宗五郎の啖呵が飛び、一尺六寸の金流しの十手が障子を透した光に鈍く光った。

ぞろり

と姿を見せたのは着流しのやくざ者だ。

月代《さかやき》に汚く毛を生やした二人ともに懐に片手を突っ込んでいた。瘦身《そうしん》と小太りの二人組で息が合っていた。

「金座裏でございとでけえ顔が出来るのは縄張り内だ。ここはお上が許された天下御免の吉原だ。てめえ、突き殺して大川に投げ込むなんぞは朝飯前のことだぜ」

「ほう、橋場の海造の三下奴《さんしたやっこ》が吉原に入り込んでいるのか。こいつはおみなさんが言うとおり、会所のねじが弛《たる》んでいるな」

と呟《つぶや》いた宗五郎に、

「ぐだぐた抜かすな」

と懐手を抜いた。すると匕首がきらりと光り、そのまま一人目の男が匕首を腰矯《だ》めにして突っ込んできた。

だが、宗五郎はすでに片膝突いて金流しの十手を構えていた。

玉鋼《たまはがね》に金を流し込んだ十手が翻《ひるがえ》り、匕首を払うと同時に汚らしい月代の頭をしたたか殴りつけた。

がつん
という音とともに男が隣座敷の二つ重ねの布団に頭から突っ込んで悶絶《もんぜつ》した。

「野郎！」

二人目の小太りの男が匕首を振り翳《かざ》して宗五郎に迫った。

片膝から立ち上がった宗五郎の十手の先が突進してきた男の鳩尾《みぞおち》に突っ込まれて、後ろに吹き飛ばされた体が障子を破って廊下に転がり落ちた。

楼主の虻八とひね文字が呆然《ぼうぜん》として、宗五郎の早業を見た。

「虻八、好左衛門さんを貰《もら》って帰るぜ、いいな」

がくがくと楼主が顎を上下させ、

「金座裏の、私は当分居続けるよ」

という隠居の手を引いて立ち上がらせた宗五郎は干物のような体を背におぶった。

かさり、としてなんとも重みがない。

「虻八、帰りに会所に立ち寄って、蜂須賀萬屋の阿漕を訴えておくぜ、首を洗って待ってねえ」

宗五郎は十手を片手に構えたまま大廊下から階段をとんとんと伝い下り、玄関に出た。

「親分、二階回しの野郎が飛び出していったぜ」

二階の物音に聞き耳を立てていた亮吉が迎えた。

「大方、橋場にご注進に行ったのだろうよ」

「そんなとこかねえ」

「亮吉、この恰好で店に連れて帰るわけにもいくまい。帳場にいって、どてらかなんか探してこい」

「合点だ」

亮吉が腹下しなど忘れたように機敏な動きで草履のまま帳場に飛び込み、綿入れを探してきた。

「親分、これでいいか」

「結構結構、隠居の背に着せかけねえ」

「親分、おれが背負う」

「いくら干からびた好左衛門さんでも腹下しのおまえには無理だ。なあに、大門外に行けば駕籠を拾えよう」

亮吉が好左衛門の背にどてらを着せ、宗五郎がおぶい直して蜂須賀萬屋を後に揚屋町の通りに出た。

つつつ
と急ぎ足で大門口まで戻ってきた宗五郎は吉原会所に立ち寄った。すると番方の吉次と若い衆が宗五郎と亮吉を迎えた。

「どうしなさった」

吉次がどてらをかぶせられて、宗五郎の背にへばりついている好左衛門を見た。

「親分さん、客を背から下ろしてくだせえ」

と若い衆が言い、会所の上がり框《がまち》に好左衛門の痩せ衰えた体がいったん下ろされて座らされた。

「こいつは」

吉次が好左衛門の病み上がりのような体を見て絶句した。

「親分、ひと悶着あったようだねえ」

未だ手にしていた金流しの十手を見た。

宗五郎は十手を腰の帯に戻しながら、

「吉次さん、頭取に伝えてくれめえか。考えた以上に蜂須賀萬屋の商いはひどいぜ。放っておくと吉原の商いにも会所の沽券《こけん》にもかかわる」

と前置きし、蜂須賀萬屋での諍《いさか》いを話した。

「金座裏の、ちょっと後手を踏んで恥ずかしい。頭取と相談次第すぐに蜂須賀萬屋を呼んで事情を聞く」

「縄張り違いで騒ぎを起こす気はない。好左衛門さんをまず吉原から引き取るぜ」

「ご自由に」

と答えた吉次が若い衆と二人がかりで老人を抱えて大門外に待つ駕籠まで運んでいった。

宗五郎と亮吉は徒歩で大門外から駕籠に従った。

久しぶりに緊迫した空気に触れた亮吉は腹具合を忘れたか、いつもの独楽鼠に戻っていた。

駕籠は五十間道から浅草田圃《たんぼ》に抜けて、浅草寺の裏手に出ようとしていた。

虻八の兄貴の橋場の海造がもし駆け付けるとしたら、土手八丁だ。となると鉢合わせしないとも限らない。そこで浅草田圃を抜ける道を宗五郎が指示したのだ。

「親分、美扇堂の隠居は太ってなかったかえ」

「恰幅のいいかただったが、若い女郎に入れ込んで精魂吸い取られたようだな」

「親分、こういうのを腎虚《じんきょ》というのかねえ」

「亮吉、その言葉、よう知っていたな。すべて物事過多はいけねえや。年寄りが若い娘に張り合おうなんて自殺するようなもんだぜ」

「房事過度にして吉原に死す、墓石に刻み付けられたら好左衛門様も本望だと思うがね、おれも見習いてえ」

「亮吉、こうなるには一身代いるんだぜ。おまえは間違っても腎虚にはなるめえ」

「もっともだ」

と亮吉が答えたとき、宗五郎と駕籠が同時に止まった。

駕籠がどさりと下ろされ、駕籠かきが逃げ腰になった。

「なんだい、親分」

亮吉が夕暮れの浅草田圃を見て、

「なんてこった」

と驚きの声を上げた。だが、金座裏で幾多の修羅場を潜ってきた亮吉だ。

不逞《ふてい》の剣客と渡世人五人を平然と見返し、

「てめえら、何用あって金座裏の宗五郎親分の行く手を塞ぐんだ」

と怒鳴った。

無言のままに五人が剣や長脇差を抜いた。

「駕籠屋さん、この一件、吉原会所に知らせてくれぬか」

逃げ腰の駕籠かきが宗五郎の言葉に脱兎のように五十間道に走り戻った。

宗五郎は再び背から金流しの十手を抜いた。亮吉も懐から短十手を取り出して構えた。

「好左衛門さん、じっとしていなせえよ」

宗五郎が声をかけたが、好左衛門からも返答はない。

「亮吉、ぬかるな」

「合点承知だ」

五人の刺客の先陣はがっちりとした体付きの剣客だ。息を溜《た》めて、斬《き》りかかろうとする鼻面に亮吉が冷や飯草履の片方を脱ぎ投げた。

「やい、世間の裏街道をうろちょろとしてきたおめえらは、金座裏の金流しの十手の謂《いわ》れは知るめえ。金座後藤家の裏門を代々守ってきた宗五郎一家には、三代将軍家光様お許しの金流しの十手が伝わってんだよ。この金流しに百千万の悪人めらがひれ伏してきたんだ。てめえらも、その一人になって獄門台に薄汚ねえ面を晒したいか。九代目の金流しが恐れ多いとなりゃあ、金座裏の一の子分、独楽鼠の亮吉様の十手さばきを見てみるか!」

最前まで腹下りをしていたにしては上出来の啖呵が飛んだ。

間合いを外された五人が再び息を溜めた。

「いくぞ、亮吉」

宗五郎が金流しの十手を構えたところに一番手が八双《はっそう》の構えから突っ込んできた。

宗五郎は恐れもなく果敢に踏み込んだ。

刃と金流しの十手が絡み合い、ちゃりん、と音が響いて火花が散り、相手が力に任せて剣を摺《す》り合わせてきた。

宗五郎が鉤《かぎ》に刃を挟み込むと体と手首を捻って片足で相手の股間を蹴り上げた。

くうっ

と予期せぬ攻撃に腰を落とした相手に鉤から刃を外した金流しが翻り、首筋を叩いて浅草田圃に転がした。

亮吉も長脇差の渡世人と渡り合っていた。

宗五郎の二番手は長身の剣客だった。

長い腕を利して上段から振り下ろす剣を掻い潜り、相手の手首をしたたかに叩くと、

ぽきん

という音がして手首の骨が折れて、剣が手から零《こぼ》れ落ちた。さらに肩口を強打してその場に転がした。

宗五郎は亮吉が押し込まれているのを見ると、するするとその場まで下がり、金流しの十手を横手に振って渡世人の横鬢《びん》を殴りつけた。

うっ

と腰が砕けた相手に亮吉の短十手が飛んで、額を力任せに殴りつけると、渡世人は尻餅《しりもち》をつくように倒れ込んだ。

「金座裏の一の子分独楽鼠の亮吉、ひと首落としたり!」

これで戦いは二対二になった。断然勢い付いたのは宗五郎と亮吉だ。

「亮吉、一人として逃すんじゃねえぞ！」

「親分、朝飯前だ」

二人が長短の十手を揃えて浪人剣客とやくざ者に迫った。

二人は仲間三人が倒され、気勢を殺がれた上に逃げ出す機を失っていた。

押せ押せの宗五郎と亮吉に迫られ、肩を叩かれ、足を絡められて倒されて、気絶させられたり、捕縄を打たれたりした。

そこへ吉原会所の提灯《ちょうちん》を手にした番方の吉次や若い衆や駕籠かきが飛び込んできて、

「金座裏の親分、怪我はないか！」

と呼ばわった。そして、提灯の明かりが倒れ伏して呻《うめ》いたり、身動き一つしない五人を浮かび上がらせ、

「親分さんに二度も汗を掻かせたな」

と吉次がすまなそうな顔をした。

「金座裏の」

吉原会所の頭取四郎兵衛《しろべえ》が後ろから姿を見せて、

「金座裏にすまないことをした。此度《こたび》のけりはきっちりと付けて金座裏に報告にいく。

この始末、うちに任せてくれないか」

　と言い出した。

「頭取、番方に最前申し上げたとおり、わっしの御用は美扇堂の隠居を店に連れ戻ることだ。浅草田圃は面番所と会所が仕切る土地だ、会所にお願い申しますよ」

　と再び金流しの十手を腰に戻した。

「駕籠屋さん、願おうか」

　宗五郎の声に再び駕籠かき二人が棒に肩を入れ、持ち上げようとした。すると駕籠の中から好左衛門の、

「ごおっ」

　という高鼾《たかいびき》が響いてきた。

　宗五郎と亮吉が三河町の美扇堂の店の前に駕籠を止めたとき、すでに扇屋の表戸は下りていた。亮吉が通用口を叩いて、

「隠居のお帰りだよ」

　と叫ぶと臆病窓が開き、慌てて通用口が開かれた。

# 四

宗五郎と亮吉が金座裏に戻った時、五つ（午後八時）を大きく過ぎていた。

政次らは内山町の見張り所にだんご屋の三喜松《みきまつ》、波太郎ら三人を残して引き上げてきたところで、若親分も台所に膳を並べて遅い夕餉の最中だった。むろん小僧の弥一も一人前に膳を貰って飯を口に掻き込んでいた。

「親分、お帰りなさい」

「亮吉、ご苦労だったな。親分に迷惑かけなかったか」

箸を休めた政次と手先たちに口々に声を掛けられた亮吉が、

「若親分、内山町は進展あったか」

と聞き返してきた。

「おや、若親分、独楽鼠の声音がしっかりしているようだと思いませんか。なんぞ吉原にいって花魁から特効薬でもしゃぶらされたかねえ」

と八百亀が政次に話しかけながら、首を捻った。

「八百亀の兄い、親分とおれが出向いたんだぜ。ただ、美扇堂の隠居の好左衛門様を引取ってきただけと思うか。吉原の半籬蜂須賀萬屋の掛け合いの場、吉原会所のやりとりの二場、大団円が浅草田圃立ち回りの図の三場構成とさ、波乱に満ちた大捕り物よ。浅草田圃の場はこっちは二人、相手は剣客とやくざ五人組相手の闘争劇だ。自分を褒めるようだが、病み上がりの亮吉様がようも死なずにもったと思うね。まあ、ほかの人間ではこうもいくまい」

と亮吉が息巻いた。

「ありゃあ」

八百亀らは亮吉の変わりように啞然《あぜん》として見た。

苦笑いした宗五郎が、

「芝居仕立てならばさ、亮吉、前場にさ、通旅籠町、蔵前大通り厠借り歩きの図を付けねばなるまいな。途中で駕籠を拾って乗せたが、駕籠屋が呆れるほど駕籠から飛び降りてあたり構わず厠に飛び込みやがる」

「親分、亮吉らしいや」

「目に浮かぶぜ、内股で身を捩《よ》じらせて厠に駆け込むどぶ鼠の姿をな」

「そんな兄さんが親分を助けて、大立ち回りが出来たんだろうか」

「いつもの大法螺《ぼら》よ、波太郎」

皆が一斉に反応した。

「波太郎、たしかにな、行きと帰りは亮吉の姿一変してな。浅草田圃の場じゃあ、大活躍さ。吉原会所の頭取と面々が駆け付けたときには、五人田圃道のあちらこちらに倒れて呻いたり、気を失ったりしてさ、亮吉が馬乗りになって捕縄をかける姿はなかなか勇ましかったぜ」

と宗五郎が大いにおまけを付けて褒め上げた。

「ほれ、みねえ」

亮吉が小さな体の胸を反らした。

「亮吉の馬鹿話などいつまでも聞いていられるものか。お前さん、今晩はここで膳を出していいかい」

おみつが台所の板の間に亭主と亮吉の膳を並べていいかと聞いた。

「そうだな、互いに話しながらのほうが手間が省けていいや。酒も皆につけてやれ」

「言わずもがなだよ」

おみつと女衆が急いで膳を用意し、二人がその前に座った。

「あれっ」

亮吉が悲鳴を上げた。

「どうしたえ、亮吉」

「親分も皆の膳にもさ、鰆《さわら》の西京焼きなんぞが鎮座しているけどよ、おれのにはなにもないぜ。まさか粥じゃあるまいな」

「亮吉、ちっとばかり腹具合がいいからといって、油断すると厠閉じ込めの図に逆戻りだよ。二、三日は粥に梅干で辛抱だよ」

とおみつに怒鳴られ、

「おかみさん、酒も駄目かねえ」

「当たり前だ、ぐずぐずいうとむじな長屋に突き戻すよ」

と言い返され、しゅん、と亮吉がなった。

「親分、美扇堂の隠居はどんな加減で」

政次が話題を変えた。

おみつに熱燗《あつかん》の酒を酌されながら、

「若い女郎に精も根も吸い取られて鶏がらだ。怖いね、悪女郎に惚れるとさ」

「そんなひどいか」

八百亀が聞いた。

「頬はこける、肋骨《ろっこつ》は浮き出てみえる。口をぽかんと開けて女郎の股座に片手を突っ込む光景をさ、当人の好左衛門さんは極楽だ、とのたまわったがね、おれに言わせりや、地獄絵図だ。寒気がしたぜ」

「吉原でそんな阿漕な商いがまかりとおっていましたかえ」

「八百亀、今度ばかりは吉原会所の後手が目立つな。いくら廓外で兄貴がやくざの看板を上げているからといって、あれはあるまい」

「美扇堂の隠居さんもえらい女郎と妓楼に捕《つか》まったもんだねえ」

「若い頃から堅物でとおってきた好左衛門さんだ。大きくした身代を無事倅に渡し、隠居をした。そんな折、吉原遊びに嵌《はま》ったんだねえ」

「その点、おれなんぞはそんな気遣いはねえな。若い頃からあちらこちらで浮名を流しているからよ」

と亮吉が粥を啜《すす》りながら、言い出した。

「おうおう、亮吉、おまえが好左衛門さんのようになる気遣いはねえ。どぶ鼠の縞《しま》の財布にはいつも銭がかさこそして局《つぼね》女郎だって声もかけないさ」

「それに厠通いときた。女郎に見向きもされないから、腎虚になるはずもねえ」

と八百亀と常丸が掛け合い、
ちえっ
と亮吉が吐き捨てた。

「笑いごとじゃねえ。美扇堂ではさ、おれたちが連れ戻った隠居の姿を見て、慌てて医師を呼んでいたがね、元気を取り戻すのに半年やそこらはかかろうぜ」

と宗五郎が話を締め括《くく》った。

「なんにしてもご苦労でした」

と八百亀が燗徳利を宗五郎に差し出し、宗五郎が受けた。

「親分、内山町のほうはただ今のところ動きがございません。ですが、見張れば見張るほど小兵衛さんを殺した連中が身内にいるような、そんな気が募ります」

と政次が話を進めた。

「小兵衛の若女房のお銀ですがね、近所の噂《うわさ》では番頭上がりの娘の亭主の登兵衛といい仲じゃないかという話なんです」

「ほう、継母《ままはは》と番頭上がりの養子が出来ているのか」

「夏なんぞ木挽《こびき》橋から屋根船に乗る姿を目撃されておりますんで」

と八百亀が言い足した。

「おかるはようも黙っているな」

「おかるはね、親分、もくぞう蟹《がに》のような面の登兵衛が好きじゃないんで。それでさ、近くの三味線屋の若旦那の兎之吉《うのきち》と出来てやがる。南大坂町の三味線屋の三の糸は近頃商いが左前で、小兵衛さんに借金がだいぶあるそうだ」

「なんと三橋の小兵衛の家はえらい相関図が展開されているんだな」

「ともかく小兵衛が知ってか知らずか、主が亡くなればどこもが助かると思っている連中ばかりだ」

　と八百亀が言い、

「おどろ木桃の木山椒の木だねえ」

　と応じた宗五郎が八百亀に酌をし、

「これはどうも」

　と受けた八百亀が美味《うま》そうに盃を持っていった。

「八百亀の兄い、美味いか」

「亮吉、格別に美味いな」

「親分に酌をされて飲む酒は美味いだろうな」

「それもあるが、おまえがよだれを垂らして眺めている鼻先で飲む酒が堪《た》まらねえ」

「畜生」

　と亮吉が残りの粥を啜りこんだ。

「政次、小兵衛と先妻のおうたは、おかるを成した仲でなぜ別れた」

「はい。なんでもおうたの金遣いが荒いとか、それで離縁したようです」

「金貸しらしい離縁の仕方だな」

政次の答えに苦笑いした宗五郎が、

「腎虚になるほど若い女郎に入れ込むのも困るが、金勘定ばかりで家内でなにが起こっているか、知らぬ振りも困ったものだぜ」

酒を一合半ばかり飲んだ宗五郎は盃を置き、温め直されたなめこ汁で飯を食った。

飯を食べ終えた弥一は眠いのか、膳を前にこっくりこっくりと頭を膳に付けかねない様子だ。

「だれか弥一を二階の寝床に追い込め」

宗五郎にいわれて女衆の一人が弥一を二階まで連れていった。

台所での遅い飯が終わった刻限、宗五郎が茶を喫していると金座裏の格子戸が叩かれた。

波太郎が立ち上がり、直ぐに台所に戻ってきた。

「親分、美扇堂の手代さんが見えた」

「まさか橋場から海造一家が押しかけたというんじゃあるまいな」

「そうじゃあございません。隠居が亡くなったそうなんで。一応親分には知らせておくとの口上です」

「なんてこった」

宗五郎の働きも無駄に終わったことになる。

「おまえさん、どうするね」

「行きがかりだ、悔やみだけは述べにいこう」

「私も供をします」

早速政次が言い出し、八百亀が、

「おれも知らない仲ではなし、いこう」

と通夜に加わることになり、三人が同時に立ち上がった。

「常丸、明日のこともあらあ。おめえらは早く休め」

宗五郎が言い残すと三人は金座裏を出た。

御堀から吹き付ける風が本両替町を通り抜け、提灯を下げた八百亀が、
ぶるっ
と身を震わした。

「飲んだ酒が一気に冷めそうだ」

御堀端に出た三人は、急ぎ足で龍閑橋を渡り、人影一つない鎌倉河岸に出た。すで

に豊島屋《としまや》も暖簾を下ろし、表戸を閉ざしていた。

三人は鎌倉河岸の西端から北に延びる三河町へと入っていった。

舞扇で有名な美扇堂は三河町の中ほどにあった。

宗五郎にとってこの日二度目の美扇堂訪問だ。

通用口が薄く開き、中から明かりが薄く通りへと零れていた。

「ご免なさいよ」

宗五郎が通用口を潜り、政次、さらには提灯の明かりを吹き消した八百亀が続いた。

「親分さん」

と美扇堂の番頭の亀平《きへい》が宗五郎らの訪問に驚きの声を上げた。

「使いをもらって飛んできた、驚いたぜ」

「立った今、お医師の村田道伯《むらたどうはく》先生が戻られたところです」

「なにはともあれ、好左衛門さんに会わせてくんな」

「どうぞお上がり下さい」

美扇堂の仏間には白い布を顔にかぶせられた好左衛門が寝かせられ、逆さ屏風《びょうぶ》の前ですでに線香がくゆっていた。

仏間から座敷に呆然としたおふく、粂太郎、おしんの若夫婦、それに親戚の者らしい数人が虚脱したように座っていた。

「親分」

　粂太郎が叫んだ。

「旦那、役に立たなかったか、申し訳ねえ」

　宗五郎は言うと好左衛門の枕元《まくらもと》に座し、まず合掌した。

　政次も八百亀も宗五郎の背後でそれに倣《なら》った。

　宗五郎が合掌を解き、白布を取るとどこか安堵《あんど》したような好左衛門の顔が眠っていた。

「親分さん、お礼の言葉もございませんよ。吉原で亡くなるよりどれほど親父も安堵したか。最期と思ったのでしょうね、お袋に、すまない、見っともない真似をしたと詫びの言葉を残しましたからね」

　と粂太郎が言う。

「そうか、どこかで好左衛門さんも内儀や家族に申し訳ないと思われていなさったか」

　宗五郎は、若い女郎のひね文字の股座に手を突っ込んでいた好左衛門は家族のだれかが迎えに来るのを待っていたのかと思い当たった。

「仕事一筋に働いてきた人が最後に道楽に溺《おぼ》れ、そして、親分さんの好意で家に連れ戻された直後に発作で死んだんです。これ以上の幸せもございますまい」

とおふくがいう。

「もう少し早く金座裏に相談するんだった、体裁を考えて迷った私たちが愚かだったと、連れ戻された親父を見て言い合った矢先のことでした」

条太郎の言葉に宗五郎は黙して頷くほかはない。

「好左衛門さん大往生の図だねえ」

「親分、親父は商いを大きくもしましたが、人間の弱さも見せて死んでいきました。それもこれも残った家族は受け入れなければなりますまいね」

「若旦那、素人《しろうと》娘を妾《めかけ》に囲い、外に子を成したよりは美扇堂さんにとって幸せだったといえますぜ。吉原ならば後くされはねえ」

「親分、そのことです。先ほどは親父のあまりの姿に親分と話す機会もございませんでした。蜂須賀萬屋から昨日も金の催促が来ていましたが、親父は妓楼に借金を残していたんですか」

「蜂須賀萬屋では百何十両のつけがあると言っていましたよ」

「盗人に追い銭《せん》だよ」

とおふくが初めて感情を露《あら》わにした。

「請求がきますかねえ」

粂太郎がそのことを案じた。

「いえ、二百両やそこらの金子、払えないうちではございません。だが、お袋の気持ちを察すると親父を殺されたうえに、いえ、敢《あ》えて言わせてもらうならば女郎に攻め殺されたようなもんです。医者の道伯先生もここまで衰弱させるにはよほどの手を使って攻め立てたんだろうと申しておられました」

「気持ちはよく分かる。好左衛門さんが蜂須賀萬屋に残された百何十両だかの借金だがな、まず吉原から請求がくることはあるまい」

と宗五郎が楼と浅草田圃で騒ぎがあったことを告げ、

「浅草田圃の五人組は会所に引かれていった。頭取の四郎兵衛様も今度ばかりは後手に回って、蜂須賀萬屋の商いを放置してしまった。美扇堂の隠居にも迷惑をかけた、この始末、きっちりと付けて報告にくると申されていたからね、まず心配はございますまい」

「親分、ただ親父を引き取っただけじゃあないんですね、そんな騒ぎに親分さんを巻き込んでおりましたか」

と粂次郎がすまなさそうな顔をした。

「粂太郎さん、これがわっしらの仕事だ。気にすることはねえ」

宗五郎らは半刻（一時間）余り好左衛門の枕辺に座り、隠居の思い出話を語って時を過ごした。

「弔いには寄せてもらうよ」

宗五郎の言葉を潮に三人は美扇堂を辞去した。

鎌倉河岸まで三人は一緒に歩いてきた。

四つ（午前零時）を大きく回り、青い光を放つ半月が鎌倉河岸の石畳を照らしていた。

「親分、人間、死ぬってのは大変なこったねえ」

「老いたからって煩悩《ぼんのう》を取りはぶけねえのが人間らしいや。俗に仏の教えに五境、色《しき》、声《しょう》、香、味、触《そく》というが、どれも解脱するのは難しいな」

「親分、おれには難しいことは分からねえ。家族が元気でその日の生計《たつき》が立てばそれでいい」

「八百亀、それが悟達の域だぜ」

「帰ってかかあの布団に潜り込まあ。もっとも色欲なしの眠気だけだ」

「八百亀、眠気も五欲の一つだぜ」

「おやおや、生きるのは難しいぜ」

八百亀が青物市場《やっちゃば》の近くにある住まいに向かうのを宗五郎と政次は見送り、黙々と龍閑橋へと向かった。するとそこに二つの影が待ち受けていた。

一人は武芸者、もう一人は伊達《だて》姿の町人だ。

「だれだえ」

「橋場の海造だ。蜂須賀萬屋の一件でうちまで会所の手が入りやがった。金座裏、おまえのせいだぜ」

「そいつは気の毒にな。ここにも生計が立たなくなった奴がいたか」

「ごしょごしょ抜かすねえ」

「海造、江戸で看板を上げられなくなってなにをしようというのだ」

「ほとぼりを冷ますのよ。その前にな、おまえに恨みを申さないとな」

剣術家が刀を抜いた。

「忙しい日だぜ」

と背から金流しの十手を宗五郎が抜こうとすると、

「親分、今晩は十分働きなされた。私にこの場はお任せ下さい」

「そうか、おまえが相手してくれるか」

と素直に政次の好意を受けた。その上で宗五郎が、

「海造、うちの倅どのは赤坂田町神谷丈右衛門《かみやじようえもん》先生の直弟子《じきでし》だ、ちっと手強《てごわ》いぜ。そいつを承知でかかってくるこった」

「抜かせ」

と応じた海造が顎をしゃくり、刺客が剣を立てた。

政次はゆっくりと一尺七寸の銀のなえしを抜くと片手正眼に構えた。

橋の上、間合いは一間とない。

二人は互いの動きを探り合っていたが、互いが阿吽《あうん》の呼吸で同時に踏み込んだ。

剣が月光を刃に映して落ちた。

八角のなえしが閃《ひらめ》いて剣の平地《ひらじ》を叩いた。

きーん
という金属音が龍閑橋に響き、切っ先から五、六寸のところで剣が折れ飛んだ。

「おっ」

と驚きの声を漏らす刺客の懐へと踏み込んだ政次が、銀のなえしを振るって、
がつん

と眉間《みけん》を叩くと、刺客は両膝から橋の床板に崩れ落ちた。

「海造、逃げると政次のなえしが飛ぶぜ」

と逃げ出そうとする海造の動きを牽制《けんせい》した宗五郎が、

「だから、言ったろうが。うちの倅どのは手強いとな」

と長閑に言い足したものだ。

# 第三話　小兵衛殺しの結末

## 一

吉原会所の頭取の四郎兵衛《しろべえ》と番方の吉次《きちじ》が金座裏の居間の長火鉢の前で畏《かしこ》まっていた。

対面するのは宗五郎《そうごろう》一人だ。

昼前四つ半（午前十一時）の刻限だ。

政次《せいじ》らはなかなか進展を見せない内山町の小兵衛《こへえ》殺しの見張りに就いていた。

吉次の傍らには会所の若い衆が担いできた菰被《こもかぶ》りの四斗樽《だる》がで－んとあった。さらに傍らに袱紗《ふくさ》がかけられた三方《さんぼう》があった。

「頭取、そう恐縮されたんじゃあ見える話も見えませんぜ。まずは座布団をあてて下せえな」

それでも四郎兵衛は顔を上げようとはせず、

「金座裏の、蜂須賀《はちすか》萬《よろず》屋の一件じゃあ、どじを踏んで顔もあげられない。吉原会所の頭取だ、吉原の年寄だと偉そうな顔をして動きが鈍くなっていた。このとおりだ、申し訳ない」

と深々と下げた頭を畳に擦り付けた。吉次も当然見習った。

「おっと待った。それでは話もできないとお願いしているんですぜ。お頭《つむ》を上げて下さいな、頭取」

宗五郎の再三の言葉にようやく姿勢を正した四郎兵衛が、

「親分、こちらに来る前に美扇堂《びせんどう》さんを伺い、好左衛門《こうざえもん》さんの位牌《いはい》に線香を手向けて詫《わ》びてきた。蜂須賀萬屋の阿漕《あこぎ》な商いを見逃したのは、鉄漿溝《おはぐろどぶ》に囲まれた吉原を仕切る私らの怠慢だ。町奉行所に呼ばれ、きついお灸《きゅう》も受けました。当然のことだ。ともかく、金座裏の宗五郎親分がいなきゃあ、此度《こたび》の大掃除は出来なかった。なんとも恥ずかしい、許して下さいな」

「頭取、こっちが吉原の一件に首を突っ込んだのは、縄張り内の美扇堂さんに頼まれてのことだ。吉原《なか》の事情を知らねえから、乱暴なことをやってしまったともいえる。頭取、遊びを知らない年寄りが最期に見た夢が若い女郎との羽化登仙《うかとうせん》の日々だったと思えばさ、互いに救われもしよう。その他のことは頭取方の始末のつけようだ」

「金座裏にそういわれると返す言葉もございませんよ。差し当たって蜂須賀萬屋は商い停止《ちょうじ》としてございます。今日にも月番が顔を揃《そろ》えて始末を決することになりますが、家財没収の上、看板取上げになりましょうな。抱え女郎、奉公人は会所で厳しく吉原の仕来《しきた》りを教え直して、各妓楼に預けることになろうかと思います」

宗五郎が頷《うなず》いた。

「金座裏の、此度の一件に即刻金座裏が動いてくれた上に、一切をうちの扱いにしてくれたんでさ、奉行所への言い訳も立ちました。いやはや、吉原の差配を危うく私の代で面番所に取り返されるところでしたよ。それを考えるとぞっとする」

というと四郎兵衛が吉次を振り返った。すると吉次が、
すいっ
と袱紗のかかった三方を宗五郎の前に差し出した。

「金座裏、おまえさんと若親分、それに手先の亮吉さんの汗掻《あせか》き賃五百両だ、探索費の足しにしてくれませんか」

と願った。

宗五郎は政次が龍閑《りゅうかん》橋で叩き伏せた剣客と橋場の海造《かいぞう》の二人をその夜のうちに政次らに命じて吉原会所に届けさせていた。

四郎兵衛はそのことを感謝したのだ。

「頭取、大した働きもしてないが、吉原の気持ちだ。気持ちよく頂戴《ちょうだい》しよう」

「助かった。こいつばかりは金座裏でないとできない芸当でした」

四郎兵衛がようやくほっとした顔をした。

居間の成り行きを窺《うかが》っていたおみつとしほが茶菓を運んできた。

「頭取、吉原の方に出すには田舎《いなか》風ですがね、川越産の十三里を胡麻《ごま》油で揚げて蜂蜜《はちみつ》にまぶした手作りです、話のついでにかじってみて下さいな」

芋菓子を供した。

「ほう、唐芋《からいも》を胡麻油でねえ、頂戴しましょう」

とロに入れた四郎兵衛が、

「これは風流だ。番方、頂いてご覧なさい」

と吉次にも勧め、吉次が三本一緒に賞味して、

「うーむ、これは美味《うま》い。薩摩《さつま》が胡麻油で風味が引き出され、蜂蜜がからんでなんともいえない美味《おい》しさです」

と破顔した。

「うちに美味い美味いと大笊《ざる》一杯食った馬鹿がいましてね、亮吉ですよ。天罰で腹下しを致しましたがな、茶うけ程度に食べる分にはなんとも野趣がある」

「全くです。お上さん、厚かましいがうちの女どもに食べさせたい。残りを頂戴して帰ってようございますかな」

「こんなものでよければ別に用意させますよ」

と請け合った。

頷いた四郎兵衛の目がしほにいった。

「金座裏、この娘さんは」

「政次の嫁になるしほにございますよ」

「親分、私どもの商売が商売です。三百余州、美形は数々見尽くしてきたつもりだったが、しほ様はどんな太夫《たゆう》も超える風格をお持ちの上に美姫だ。いえ、失礼ながら、吉原に出せば、大籬《おおまがき》の米櫃《こめびつ》を潤し、松の位の太夫に出世間違いなしの娘さんですぞ。若親分といい、お嫁様といい、金座裏、三国一の若夫婦が出来ましたな」

「わっしらには子がない。おれの代で金流しも終わりかと覚悟をしたが、松坂屋の隠居の侠気《きょうき》で政次がうちに来てくれ、鎌倉河岸の豊島屋《としまや》の看板娘を嫁にすることになった」

「人徳ですよ、金座裏の親分。そうだ、お二人の祝言のとき、この四郎兵衛にも一声かけて下さいませんか」

「しほ、吉原会所の頭取に褒められてどんな気分だ」

「さすがにお客商売の頭取、世辞がお上手にございます」

「しほさん、痩《や》せても枯れても吉原の四郎兵衛だ。女衆を前に心にもない世辞や嘘《うそ》は言ったことはございませんぞ」

「しほ、祝言の招き客が一人増えたようだぜ」

四郎兵衛と吉次の二人は半刻も四方山《よもやま》話をして安堵《あんど》の表情で金座裏から引き上げた。

居間に残ったのは、宗五郎とおみつとしほ三人だけだ。

「おまえさん、頭取にえらい散財をかけたようだね」

おみつが袱紗のかかった三方に目をやった。

「紋日《もんび》でもなると一夜何千両何万両と小判が散る吉原を仕切る頭取だ。見えでもはした金は、差し出されないのだろうよ」

「それにしても五百両とは奢《おご》ったもんだよ」

おみつが三方を神棚に上げて、ぽんぽんと手を叩いた。

「これで政次としほの祝言の費用が出来たな」

「五百両なんてかかりませんよ」

とおみつがいい、

「親分、お上さん、店に出ます」

　としほが立ち上がった。

「しほ、四郎兵衛様の言葉で思いついたが、政次とおまえの祝言、いつにするかねえ。そろそろ目安なりとも決めておきたいものだぜ」

　と宗五郎が言い出した。

「おまえさん、うちはいつでもいいよね」

　頷いた宗五郎がしほを見た。

　再びしほがその場に座り直し、

「私にも格別差し障《さわ》りがございません」

　と答えた。

「おまえさん、しほちゃんがこう言う以上、いつまでも独り住まいをさせておくわけにはいかないよ。どこかの鼠《ねずみ》が目をつけないとも限らないからね」

「話を決めたいものだな。まず松坂屋の松六様と豊島屋の清蔵《せいぞう》さんに相談しようか」

「川越のしほの親戚にさ、前もって知らせなくていいかねえ」

「伯母《おば》にあたる園村幾《そのむらいく》様、佐々木秋代《ささきあきよ》様方にはお断りしなきゃあなるまいな」

　おみつとしほが同時に頷いた。

「おみつ、今日にもおまえが松坂屋に行き、松六様の都合を聞いてこい。しほ、おめえは清蔵さんだ。近々お二人をうちに招いて下相談をしようか」

「なんとしても政次がいないことにはどうにもならないよ。金貸し殺しの目処《めど》は早く立たないのかねえ」

とおみつがそのことを案じた。

「若親分、登兵衛《とうべえ》が出かけるぜ」

見張り所から金貸し小兵衛の家の小洒落《こじゃれ》た格子戸を見詰めていた常丸《つねまる》が後ろを振り返った。

政次が格子窓から覗《のぞ》くと大顔の登兵衛が派手な縞《しま》の羽織を着て、門を出るのが見えた。その界隈《かいわい》に出かけるのではない。なにか用事だ。

「若親分、おれがいこう」

常丸が尾行を志願した。

「おれも行きたい」

と弥一《やいち》が言い出し、政次の判断で常丸、広吉《こうきち》、弥一の三人が見張り所から姿を消した。残ったのは亮吉とだんご屋の三喜松《みきまつ》と政次だ。

「若親分、そろそろ動いていい頃だったものね」

と三喜松がいう。

「だんご屋の兄さん、小兵衛が手首から放さなかった信玄袋、金貸しの七つ道具が入っていたんだろ。あやつのだれかがさ、他人に頼んで小兵衛を突き殺し、信玄袋を奪わせたとしたら、絶対につなぎがくるよな」

「餓鬼にとって印形や帳簿や証文はなんの役にも立たないもんな。約束した殺しの金《きん》子《す》と交換にくるはずなんだがな」

三喜松も首をひねった。

政次も考えていた。

小兵衛の弔いが終わっても一家が平然としていることをだ。なにが一家を落ち着かせているのか、それが判然としなかった。

「おや、今度は後家のお銀が出ていくぜ。登兵衛と密会かねえ」

「若親分、おれがいく」

亮吉が言い出し、政次が、

「頼もう」

と送り出した。

亮吉が出て、一刻（二時間）が過ぎた頃合、弥一だけが見張り所に戻ってきて、

「登兵衛とお銀は池之端《いけのはた》の出合《であい》茶屋で落ち合いましたぜ」

と大人の口調でぶっきらぼうに報告した。弥一は自分一人だけが追い返されたのが不満のようだ。

「弥一、おめえにはちと早いよ」

と三喜松が苦笑いで諫《いさ》めた。

「出合茶屋になんぞつなぎが入るかもしれないじゃないか」

「それはあるまい。事が済んだら、二人してばらばらに戻ってくる。待っていねえ」

と三喜松がさらに言う。

「そんなのんびりしたことでいいのかねえ」

「それより、弥一、もぐさの旦那の腰は治らないか」

「直《す》ぐには治らないよ」

「なぜだ」

「だって、毎日のようにおっ母さんと床の中でくんずほぐれつだもの。腰がよくなるわけもないさ」

三喜松が弥一を呆《あき》れ顔で見た。

政次は聞こえないのか、しきりに思案していた。

「弥一も弥一だが、旦那も旦那だぜ。倅《せがれ》の弥一におっ母さんがやりこめているところを見られたのを承知かね」

三喜松の嘆声にも政次は答えなかった。

弥一が見張り所に戻ってきて半刻後、登兵衛が徒歩で、さらに四半刻後、お銀が駕《か》籠《ご》で内山町に戻ってきた。そして、その直後、常丸、広吉、亮吉の三人が徒労の表情で見張り所に帰ってきた。

さらに半刻後、夜の見張りに稲荷《いなり》の正太《しょうた》を頭分にした伝次《でんじ》、波太郎《なみたろう》が姿を見せて政次らは金座裏に戻ることになった。

金座裏では松坂屋の隠居の松六と豊島屋の清蔵が訪れて、居間の宗五郎と何事か話し合っていた。

政次は隣座敷から声をかけた。

「親分、ただ今戻りました」

「その顔じゃあ、動きがねえな」

「登兵衛とお銀が池之端の出合茶屋に行き、一刻ばかり時を過ごしたのが動きといえば動きです」

「娘婿と後家が出合茶屋でねえ」

と苦笑いする宗五郎に、

「なんだか面白そうな話ですね」

と清蔵が身を乗り出してきた。

「清蔵さん、面白くもねえよ」

と言いながらも宗五郎が差し障りのないところで話を聞かせた。すると清蔵が、

「家長が殺されたというのに、残された家族が好き勝手ですか。人間、なんだかさびしいね」

と呟《つぶや》いた。

「まあ、人間が欲を剝《む》き出しにするのはこれからと見たがね」

「親父殺し、あるいは亭主殺しを家族がやってのけたと親分は申されるので」

捕り物話が大好きな清蔵が興味津々に聞く。

「清蔵様、欲惚《ぼ》けの話はさ、そっちにおいといてこっちの話を進めようじゃないか」

と松六が言い出した。

「おおっ、そうだ」

「私はこれで」

　と政次が遠慮しようとすると清蔵が、

「若親分、おまえさんが主役の話だよ」

　政次が動きを止め、宗五郎が、

「政次、入れ」

　と居間に招じ入れた。

「いやな、いつまでもしほを独り身にしておくわけにもいくまい。祝言の日取りを決めて動き出さねばなるまいと声をかけたら、早速お二人揃ってご入来だ」

「恐れ入ります」

　と政次が二人に頭を下げた。

　隠居の松六の顔色が優れないのが政次には気になった。

「政次さん、おまえさんに話を進めることに異存はあるまいね」

　と清蔵が政次に言う。

「ございません」

　と政次がきっぱりと答えた。

「ならばさ、しほさんの川越の親類に断りの手紙を入れて、来春にでも祝言を挙げる仕度を始めようか。この仲人はさ、金座裏、どう考えても松坂屋の隠居様だよね」

と清蔵が早手回しに話を進めた。

「いいね」

「しほちゃんはどんな意向でしょうか」

「政次、この話、おれとおみつとしほの話から進み始めたことだ」

政次の心配に宗五郎が応じて、吉原会所の頭取と番方が礼にみえた話をし、それが祝言話に繋《つな》がったと説明した。

「ならば私になんの異存もございません」

「川越に宗五郎親分が手紙を出せば差し障りなく仕度に入れよう」

と清蔵が言い、松六が、

「あるいは若親分が直々に挨拶《あいさつ》に行くのも手だねえ」

と言い出した。

「やはり、しほちゃんの親類には私が直にご挨拶に伺ったほうがようございますか、ご隠居」

「それは丁寧だな」

と答えた松六が、

「親分、若親分、昼過ぎね、おみつさんがこの話を持って到来したとき、うちにも厄介ごとが持ち上がっていたんだ。それで早速清蔵を誘って金座裏に押しかけたってわけだ」

と言い出した。

「隠居、厄介ごととは一体全体なんだえ」

「田舎方の手代の卯助《うすけ》がさ、武州熊谷《くまがや》から小川、川越と回る掛取《かけと》りに出たがね、予定を二日過ぎても戻ってこないんだ。なんぞあったんじゃないかと、倅の由左衛門《よしざえもん》と話し合っていたとこなんだ」

「隠居、田舎方が掛取りに出るには季節外れですね」

政次が即座に指摘した。何しろ政次は松坂屋の手代だった男だ、老舗《しにせ》の呉服屋の内情はどこよりも承知している。

上州方、水戸方、銚子方《ちょうし》、相州方、甲州方と分かれた掛取りの旅は、六月大小の月にかかわらず二十九日、暮れは十二月十五日と定められていた。つまり盆暮れというわけだ。

「政次、いや、若親分のいうとおりだが、熊谷宿の木綿《もめん》問屋羽根木《はねき》屋、小川村紙漉《かみす》き、甚之丞《じんのじょう》、川越城下味噌油《みそあぶら》問屋の三丁《さんちょう》屋本店はここんとこ払いが滞《とどこお》っていましてね、何度か文で催促したら、半金でも師走《しわす》前にと返答が来たんですよ。それで上州方の卯助が一人で武州の川越までまわろうと出ていったんです」

「路程はどうなってますか」

「一番遠い熊谷が先で小川、川越と下りてくる順でした」

「隠居、掛取りの代金はいくらです」

「三軒が半金ずつ入れたとしたら二百七十両あまりですよ」

政次が宗五郎を見た。

「親分、一両日うちに内山の一件を片付けます。それでも卯助さんが江戸に戻らないようなら、旅に出てようございますか」

「政次、おまえの朋輩《ほうばい》のことだ。好きにしねえ」

と即答し、

「ご隠居、一両日ちゅう待って下さい」

と政次が願い、松六が頷いた。

二

次の日の朝、金座裏の政次若親分は亮吉、弥一、それにしほの三人を従えて日本橋を渡り、東海道をひたすら芝方面へと向かった。

日本橋通《とおり》二丁目の角にある呉服の老舗松坂屋の店頭で足を止めた政次は、広い店の隅々に目を光らせて朝の掃除が行き届いているかどうか、点検する大番頭の親蔵《しんぞう》に会釈を送った。

「おおっ、金座裏の若親分」

親蔵がにこにこと笑いかけると店の前まで飛び出してきて、政次やしほに挨拶した。

親蔵は、政次が松坂屋に奉公に入った折からの老練な番頭で、今では松坂屋の数いる番頭の中でも筆頭番頭を務め、重鎮であった。

政次が親蔵の耳元に囁《ささや》きかけた。

「大番頭さん、卯助さんからはなんの連絡もございませんな」

「それがなにも」

親蔵の顔も険しく変わった。

隠居の松六から金座裏にもたらされた卯助の帰店の遅れは、大半の奉公人に未《ま》だ知らされていない。松坂屋の主と幹部の親蔵らだけが知る心配事だった。

頷き返した政次は、

「ただ今手がけておる事件、なんとしても一両日中に片を付けます。それまで辛抱して下さいな」

「頼んだよ、政次さん」

と親蔵が両目を細めて政次を見るとしほに視線を移し、

「しほさん、近頃の政次さんは金座裏の若親分の貫禄が備わったと思われませんか。この政次さんがうちの手代だったとは、だれも信じますまい。遠回りしたのがよかったかねえ」

「大番頭さん、松坂屋さんの厳しい躾《しつけ》があったからこそ、政次さんは畑違いの金座裏に馴染《なじ》んだのだと思います」

と答えたしほは、胸に絵の道具を風呂敷に包んで抱えていた。

「政次さんとしほさんの祝言にはうちで一切の婚礼衣装から紋付まで仕立てると隠居が張り切っておられます。すでに職人の手配も終わってますからな、いつでも高砂《たかさご》やが聞こえてもようございますよ」

と言いかけ、

「申し訳ございません」

と答えたしほが顔を赤らめた。

親蔵と別れを告げた四人は、ひたすら芝の増上寺門前町へと進んでいった。

「若親分、卯助さんとはどっちが上だったえ」

腹下しから完全に立ち直った亮吉が政次に聞く。

「卯助さんが三年ほど先に松坂屋に奉公に入られたよ」

「手代になったのは一緒の年だな」

頷いた政次が、

「卯助さんは決して目から鼻に抜ける人ではなかったがねえ、お店《たな》大事お客様大事と手を抜かない人でした。だから、手代になるのに少しばかり時間はかかったのさ。だが、松坂屋ではちゃんと卯助さんの人柄を見ておられた。それが証拠に今では田舎方として上州筋を任され、松坂屋でも将来を嘱望されているもの」

「田舎方ってのは、それほど大切なのか」

「亮吉、田舎方は分限者《ぶげんしゃ》、豪商が相手の直取引《じきとりひき》だ。客に食い込んで信頼をえないとなかなかやっていけないものなんだよ。なんたってお求めになる額が大きいからね。客を見る目も大事なんだ、少しでも盆暮れの払いが滞るようだと、要注意だ。それが一時的なものか、どうか判断しなければ大きな焦げ付きをもたらすことになる」

「胃が痛い仕事だな」

「それだけに遣り甲斐《やりがい》もある。上州方での一度の掛取りで千両に近い集金もあるんだ」

「そいつは大変だ。掛取りの道筋は決まっているんですかえ」

「上州方は日本橋を出て一泊目に鴻巣《こうのす》宿泊まりだ。道中の旅籠《はたご》、昼飯を食べる飯屋、茶代、めし代もすべて額が何文と決まっている、払いすぎても少なくてもいけない。最後は栗橋《くりはし》泊まりと道程が決まり、十六日余りの掛取りの道中で費消できる路銀も四十両だよ」

「豪勢だな、わずか十六日の旅に四十両も使っていいのか」

「亮吉、掛取りの旅には下男もつく、旅籠の払いもときに二人分、三人分だ。それにお客様への手土産《てみやげ》もこの金子から調達する。帰りは受け取った掛取りの金子を懐に入れての気苦労の多い旅だ。それだけに地田舎方を上手にこなせば、伊勢松坂の本家への修業のあとに番頭さんへの出世の道が開けてくる」

「若親分、卯助さんが自ら遁走《とんそう》したってことはねえな」

「掛取りの金子に目が眩《くら》んでというのか、亮吉」

「そういうことだ」

「それはまずない。此度の掛取り旅は、臨時のものだ、三つの客から半額受け取ったところで三百両以下だ、松坂屋の掛取りとしては額も少ない。ともかく卯助さんの人柄を考えるとそれはない」

政次が言い切った。

「ということは、なにか事件に巻き込まれた」

政次が頷いたとき、一行は芝口橋を越えて芝町内に入っていた。

「亮吉、卯助さんの事件に専念するためにはこっちを片付けねばならない。亮吉、気持ちを切り替えようか」

政次が注意をし、三橋の小兵衛殺し探索に気持ちを引き戻した。

一行はまず増上寺門前の紙問屋井ロ屋に立ち寄った。

「番頭さん、またお邪魔しますよ」

と政次が挨拶し、番頭の柳蔵《りゅうぞう》が、

「おや、金座裏の若親分。あの悪餓鬼どもをとっ捕まえたってね」

「捕まえるには捕まえたが、こっちは別件でした」

「まあ、なんとそうでしたか」

と答えた柳蔵が、

「土地の親分なんぞはすっかり小兵衛殺しなんて諦《あきら》めてますよ。金貸しが殺された上に残された家族が不人情、そんなところに金座裏が年寄りの持ち物を強奪する餓鬼一味を捕まえたというのでね」

「番頭さん、今日はうちの絵師を連れてきた、どこぞの場所を貸してくれませんか」

「これだけの店先だ、好きなところを使いなさいな」

　というとしほが会釈した。店の上がり框《がまち》の端で風呂敷包みを解き始めた。

「この娘さんが絵師ですかえ」

　柳蔵が不思議そうな顔をしてしほの動きを見た。

「番頭さん、しほさんはさ、何度も手柄を立てて町奉行様からよ、ご褒美を貰《もら》ったこともあるんだぜ。女絵師といっても腕は確かだ」

　と亮吉が柳蔵に説明した。

　紙問屋の店先を借りうけたしほは、弥一に頼んで水差しに水を貰いにいかせた。

「小兵衛さんを襲った四人組の年格好、着物、身丈、顔付き、履物、持ち物、癖、なんでもいい。覚えていることがあったら、しほちゃんに教えてくれませんか」

「ならばさ、若親分、あんとき、騒ぎを見ていた連中をうちに集めてこよう」

「そいつは助かる」

　柳蔵が井口屋の小僧を走らせて、小兵衛が襲われたときの目撃者で、かつ小兵衛を医師園部《そのべ》一馬《かずま》の診療所まで担ぎ込んだ連中を呼びにいった。

「それにしてもさ、金座裏には若い女絵師まで人材が揃っておられるのか。驚いたねえ」

と黙々と絵を描く仕度をするしほを覗《のぞ》き見て、

「品川にもいない別嬪《べっぴん》だが、独り者かね」

と柳蔵が政次とも亮吉とも付かず小声で聞いた。

「番頭さんも独り身か。だがよ、なんぞ考えているんだったら止《や》めておきねえ。しほさんは若親分の上さんになる人だ」

「えっ、若親分の女房になる娘さんが絵師ですって」

柳蔵は、再びしげしげとしほの挙動を見た。

そこへ小僧が戻ってきて、

「番頭さん、皆さんを呼んできましたよ」

と呼ばわった。

「おい、井ロ屋さん、金座裏のお調べだって」

「まだ捕まってなかったのか」

と門前町の店の主や奉公人が五、六人も現れて、井ロ屋の店先が賑《にぎ》やかになった。

「若親分、まずなにを話せばいい」

「四人組の特徴を一人ずつ話してもらおうか。まず頭分の刃物を振るった悪餓鬼をいの字とよぼう、そいつの体付き人相を話して下さいな」

柳蔵が、

「年は十五にはなってましたよ。縦縞の袷《あわせ》で結構古びてましたな。背丈は五尺一、二寸だ。小顔で目付きが尖《とが》っていたよ」

というのに別の仲間が、

「履物は冷や飯草履、腰に竹筒の煙草《タバコ》入れを差してました」

などと補足し、それをしほがざっと素描して、

「こんな、感じですか」

「いや、もっと袖丈《そでたけ》がつんつるてんだったな」

などと文句を付けた。

い、ろ、は、にの字四人組のおよその年恰好《としかっこう》と服装と髪型などが説明され、しほが画帳のあちこちにその特徴を細かく描き埋めていった。だが、それはあくまで断片だ。

政次が、

「よし、今度は刺された瞬間の動きを再現しよう。柳蔵さん、あなたは小兵衛役だ。この四人方は、いの字、ろの字、はの字、にの字の悪餓鬼それぞれに扮《ふん》して、あの日

どんな風に動いたか、それぞの役割を再現してくれませんか」

「お芝居か」

「わたしゃ、悪より立役《たちやく》がいいね」

「そんな話じゃないんだよ」

わいわいがやがやと言いながらも、柳蔵らが小兵衛の襲撃された日の光景を再現した。

さすがに宮芝居が常にかかる芝神明社《しばしんめいしゃ》の氏子《うじこ》連だ。

芝居っけたっぷりに小兵衛の役の柳蔵、四人の悪餓鬼役とぴたりと決まって、見事なものだ。また、小兵衛役の柳蔵が迫真の演技の上に座長も兼任して、

「平助《へいすけ》さん、そうじゃないよ。刃物はこう構えてこう刺したんだよ」

とか、あれこれと駄目だしした。

門前町での再現劇に大勢の野次馬まで集まってきた。

ともあれ小兵衛が囲まれた瞬間から逃走までの動きが素人《しろうと》芝居で再現された。

しほは、五人の動きを細心な観察力でじっくりと眺め、速描きした。

役を演じ終えた柳蔵らがしほの周りに集まってきて、画帳を覗き込んだ。

「えっ、もう描いたの。驚きました、なんて早業だ」

しほは柳蔵らの驚きをよそに五人に色を塗っていった。

「こいつは魂消《たまげ》た」

「いやはや、あの日の光景を見るようじゃありませんか。役者は薹《とう》が立っているが描かれた餓鬼どもは目付きといい、恰好といい四人組にそっくりですよ。この娘さん、素人じゃないね」

「当たり前だ。金座裏十代目のお上さんになる女《ひと》だぞ、みんな失礼なことを考えたり言ったりするんじゃありませんよ。芝門前町の恥ですからな」

など柳蔵らが騒ぐうちに、しほが小兵衛襲撃の図に最後の手直しを加えた。

「こんな具合かしら」

しほが画帳を広げて皆に見せた。

「間違いございませんよ。これがあの日、この門前町で起こった騒ぎです」

と柳蔵が太鼓判を押した。

「よし、しほちゃん、金座裏に戻ってこの絵を何枚か、描き足してくれないか。亮吉たちに持たせてこの四人組の探索に当たろう」

と政次が手配りを決めた。

しほや亮吉が頷くと、柳蔵が、

「ちょっと待った。若親分、この姉さんにもう一、二枚この場で描いてくれと頼んでくれませんかねえ。ほれ、悪さをした野郎はさ、怖くてさ、現場に戻るというでしょうが。まず一枚はこの門前町の高札場《こうさつば》に張り出し、様子を見る。もう一枚は品川宿のどこぞに願って張ってもらうよ」

と言い出した。

「いいわ」

としほが画帳に再び絵筆を走らせ始めた。

結局、しほは井口屋の店先で五枚の小兵衛襲撃の図を描くことになった。

一枚は門前町の高札場に、二枚目は亮吉が品川宿の目に付く場所に張り出していくことになり、三枚目は弥一が旦那の源太のところに届け、四枚目は政次が、最後の五枚目はしほが金座裏に戻り、さらに描き足す参考にすることになった。

「門前町の皆様、世話になりました。なんとしても小兵衛さん殺しの一件にけりをつけとうございます」

と政次が挨拶して、門前町をあとにした。

東海道を出たところで亮吉が品川宿へと走り、政次としほと弥一は反対の日本橋へと戻ることになった。

「しほちゃん、ご苦労さんでした」

「うまくいくといいわね」

「なんとしても早くけりをつけないと、卯助さんが気がかりだからね」

「川越にいくことになりそう？」

「御用次第だが、なんとなくいくことになりそうだ」

「私、どうすればいい」

「川越はしほちゃんの国表だ。佐々木家も園村家もしほちゃんの到来を待っておられよう」

「とはいっても政次さんの御用に私が従うと足手まといでしょ」

「そんなこともないけど」

と答えた政次が、

「しほちゃんは別行で川越への夜船に乗る手もあるよ。川越に行く行かないにかかわらず、私が川越に最後に立ち寄る手もある」

「川越で落ち会うの」

「そういうことだ」

「大旦那の清蔵様に相談してみるわ」

芝口橋の手前で弥一が二葉町の裏長屋に走り、橋を渡ったところで政次はしほに、

「ちょいと付き合ってくれ」

と頼んだ。

立ち寄った先は内山町の殺された小兵衛の家だ。

格子戸を入り、小洒落た飛び石を進むと玄関に出た。するとそこに登兵衛とおかるがなにか言い争いでもしていた雰囲気で睨み合っていた。

「お取り込み中かな」

政次が言い、

「いえ、なんでもありませんよ」

とおかるが険しい顔に繕《つくろ》い笑いを浮かべた。

「金座裏の若親分、まだ親父殺しの下手人は捕まらないんですか」

登兵衛の口調には非難の色があった。

「申し訳ございませんね」

「若親分は松坂屋に奉公していたってねえ」

登兵衛がしほをじろりと睨んでそんなことまでいった。

「少しばかり事情がございましてねえ」

とかわした政次が、

「ちょいと見てもらいたいものがあるんですがね」

としほが井口屋で描いた小兵衛襲撃の図を登兵衛に見せた。すると登兵衛の形相が変わり、おかるが覗き込んで、
あっ
と悲鳴を上げた。

「だれぞ思い当たる節がございますかえ」

「金座裏の、こんな小僧に知り合いはございませんよ」

「登兵衛さんもおかるさんも驚かれた様子ですねえ」

「そりゃ、だれだって身内が刺された瞬間の絵を見せられりゃ驚きの言葉も上げますよ」

と登兵衛が取り繕うように言った。

「この絵をお前さん方のおっ継母《か》さんのお銀さんに見せたいんだがね」

「おっ継母さんはただ今外出してましておりませんのさ」

おかるが答えた。

「そうでしたか。ならば出直してきましょうか」

政次があっさりと答え、しほと一緒に飛び石伝いに内山町の通りに出た。二人が東海道まで出て、日本橋に向かいかけると東海道と守山町の辻から八百亀《やおかめ》が姿を見せた。

「若親分、なんぞございましたか」

「八百亀の兄さん、この絵を登兵衛とおかるに見せたら、ただならぬ気配を見せたんだよ」

と、しほの絵を八百亀に見せた。

「いつもながらしほちゃんの筆遣いは鮮やかだ」

と褒めた八百亀が、

「二人は小兵衛の刺された模様に驚いたのではねえ、この餓鬼どもをしほちゃんに活写されて慌てているって按配ですかえ」

「私はそう見た」

「ならば今日にも動きますぜ。あいつら、奉公人皆に暇を出しましたからね。いるのは身内ばかりだ」

頷いた政次が、

「しほちゃん、一人で金座裏に戻り、親分に報告してくれるかい。私は八百亀の兄さんと一緒に見張り所に籠《こも》る」

「分かったわ。気をつけてね」

「分かった」

しほが人通りの多い東海道を日本橋へと姿を没し、政次と八百亀は内山町の見張り所へ回り道して戻った。

三

しほが金座裏に帰り、宗五郎に芝門前町行きの報告をなした上で小兵衛襲撃の図を見せた。

「さすがにしほだ、近頃腕を上げたねえ。まるで見ていたように写しとってくれたぜ。後ろ暗い奴がこいつを見れば、必ず動き出す」

と九代目の宗五郎が満足そうな笑みで請け合い、

「だぼ鯊《はぜ》のように内山町で喰《く》らいつこうとする大鼠がいるようだが、念のためだ、何枚か写しを作ってくれまいか」

としほに頼んだ。

「承知しました、親分」

しほが絵の写しに専念し、五、六枚も作ったところで宗五郎がしほの傍《そば》に来て、

「描いた傍から持っていくようだが、北町の寺坂《てらさか》様にお渡しして品川を省いた四宿の高札場に張り出してもらおうと思う。しほ、あと五枚ほど頼む」

といふと絵の余白に、

「芝増上寺門前町にて年寄り殺しの図

この四人組の少年に心当たりの方は金座裏の宗五郎または、北町奉行所か各町内の番屋までお知らせ下さい」

と書き込んだ。

絵入りの手配書きを懐に宗五郎が呉服橋の北町奉行所に出かけ、しほは昼餉《ひるげ》を挟んで残りの五枚ほどを仕上げた。すでに刻限は八つ半（午後三時）を大きく過ぎていた。

絵の道具を片付けたしほは、おみつの入れた茶を喫し、永塚《ながつか》小夜《さよ》が持参したという下谷御成道の菓子舗玉泉堂の蒸し饅頭《まんじゅう》をおみつと一緒に食べた。

「小夜様も落ち着かれたようで、気持ちに張りが出てきたようだよ」

「苦労なされたんですものねえ。小太郎《こたろう》様連れでよく頑張られましたよ」

「小夜様はまだ若い。それにあの美しさだよ、小太郎様と一緒でも構わないという男がいれば、万事うまくいくがねえ」

と、おみつは小夜の再婚まで気にかけた。

「小夜様は当分独り身で子育てと剣術に専念されるのではないでしょうか」

「剣術《やっとう》もいいが女はなにより所帯を持つことだよ、考えてみれば小夜様は最初の相手と所帯をもったわけではなし、情を交わしただけだよ。八重樫七郎太《やえがししちろうた》の朋輩の秋田数馬《あきたかずま》がすべて悪いんだ。小夜様は初婚だよ」

「まあ、そうですけど」

しほは曖昧《あいまい》に返答し、

「ご馳走様《ちそうさま》でした」

と飲み干した茶碗《ちゃわん》を台所に運ぼうとするとおみつが、

「ここはいいよ、いつまでも引き止めて豊島屋さんに悪かったねえ」

としほを玄関先まで見送ってきた。

しほは秋の日差しが傾いた中、金座裏から御堀端に出て、龍閑橋に差し掛かった。

すると川面《かわも》から彦四郎の声が響いてきた。

「しほちゃん、門前町の一件、動きそうか」

「さてどうでしょう。小兵衛さんが刺された瞬間の絵は描いたけど」

猪牙舟《ちょきぶね》の手入れをしていた彦四郎が六尺を優に超えた体で、
ぴょんぴょん

と跳ねるように飛んで河岸道まで上がってきた。

「しほちゃん、おれにも見せてくんな」

「彦四郎さんの分も描いといたわ、江戸じゅうを猪牙で回っているんですものね、金座裏の大事な助っ人よ」

しほが一枚渡すと、彦四郎が絵に見入り、

「こいつは」

と嘆息した。

「心当たりがあるの」

「小悪党どもには覚えがないがさ、しほちゃん、また絵の腕を上げたな。それで思わず声をもらしたのよ」

と褒めた彦四郎が絵を四つに折って大事そうに懐に仕舞い、

「しほちゃん、政次と川越に行くのか」

と聞いてきた。

「この事件が解決しないと松坂屋様の一件にも手に付けられないわ。今日明日にも目処が立てば政次さんは武州熊谷に飛び、私は川越夜船で別にいくことになるかもしれないの。そのことをこれから清蔵様に相談するところ」

「そうか」

と彦四郎はなにか思案するように呟くと、

「よしきた、なんとしても小兵衛さん殺しの餓鬼どもをひっとらえなきゃあな」

と金座裏の手先みたいなことをいうと船着場に戻っていった。

しほは、赤みを帯びて傾きかけた光が彦四郎の大きな背に散り舞うのを見送り、豊島屋に足を向け直した。


外桜田の大名小路の甍《いらか》越しから内山町の通りにも西日が差し込み、歩く人の影が長く延びていた。

政次、常丸、亮吉、それに弥一の四人が小兵衛の家の表を息を殺して見ていたが、なかなか動く気配はない。

「もう七つ半（午後五時）は過ぎたぜ、若親分」

亮吉が苛立《いらだ》つように言う。

「亮吉、悪党が動くのは日が落ちてからと相場が決まっていらあ」

と常丸が政次の代わりに答えた。

政次が見張り所に入ったことで八百亀やだんご屋の三喜松らは金座裏に引き上げて

いた。

「動くかねえ、動くといいがねえ」

「亮吉、おまえ、煩《うるさ》いぜ。もう少し腹下しさせとくんだったな」

と常丸がいい、弥一が、
ひっひっひ
と笑った。

「弥一、笑うな。旦那の源太の下に戻すぞ」

「亮吉さん、今はだめだな」

「腰痛じゃあ、使い物にならないか」

「違わあ。うちのおっ母と床ん中でつるんでよ、なかなか外に出ようとしないんだよ。いつぞや親分さんが見舞いを沢山くれたもんだから、怠け癖がついていらあ」

「暮らしに余裕が出たら色欲か、呆《あき》れたねえ」

秋の日が釣瓶落《つるべお》としに沈み、一瞬茜《あかね》色に江戸の空を染めた後、濁った夕闇《ゆうやみ》が訪れた。

そのとき、格子戸の中に大きな影が立ち、外の気配を窺った後、登兵衛が姿を見せて中に向かって手招いた。すると女の影が一つ出てきた。

女房のおかるではなく、義母にあたるお銀だ。

「動き出したか、おれがいこうか」

と常丸が政次に伺いを立てた。

「常丸兄い、おかるの動きも気になる。こっちは私がつけよう」

「ならば独楽鼠を連れていきなせえ、若親分」

「弥一だけと手薄になるがいいか」

「小うるさい亮吉より弥一が役に立ちそうだ」

ちえっ
と吐き棄《す》てた亮吉が見張り所の裏口から夕闇から夜に移ろうとする通りに忍び出て、内山町を東に向かう二人を窺い見た。

袷の裾《すそ》を下ろした亮吉が遊び人の風情で尾行を始め、さらにそのあとをだいぶ離れて政次の長身が闇を伝った。

登兵衛とお銀は楓川《もみじかわ》の堀端に出た。それを知った亮吉は堀面に目をやり、猪牙はいないかと闇に目を凝らしたが、生憎《あいにく》舟影は一つとしてない。

登兵衛とお銀は、木挽橋堀下の石段を下りると待たせていた屋根船に乗った。

「逢引《あいびき》かよ」

亮吉が呟き、

「若親分、なんにしても徒歩で追うしか手はねえぜ」

と追いついてきた政次に言った。

「仕方ない、河岸道ぞいにつけよう」

「猪牙を見かければすぐに声をかける」

と言い合った二人は三原橋から紀伊国橋へと向かう屋根船を追った。

明かりを舳先《へさき》に点《とも》した屋根船は越中橋から新場橋へと向かい、闇に溶け込もうとしていた。

「日本橋川に入られたら万事休すだぜ」

と亮吉が囁き、おや、と堀面に目を凝らした。すると猪牙の影が現われて、大きな船頭がゆったりと櫓《ろ》を扱う姿が見えた。

「まさか、彦四郎じゃあるめえな」

と言いながらも亮吉が独楽鼠のように河岸道から身を乗り出し、接近する猪牙に向かって手を振り、

「彦」

と囁くように呼びかけた。すると猪牙が、

すいっ
と石垣の下へ寄ってきた。

「彦四郎、助かったぜ。おめえ、仕事か」

「馬鹿、おめえらの陣中見舞いにきたところよ」

「ちょうどいいや、あの屋根船つけてくんな」

亮吉が河岸から猪牙に飛び、続いて政次がひらりと飛び乗った。

櫓を巧みに彦四郎が操り、反り上がった舳先がくるりと反転し、一丁（約一〇九メートル）向こうの海賊橋を潜ろうとする屋根船へと急追していった。

「彦四郎、助かった」

舟が落ち着いたところで政次が改めて友に礼を述べた。

「知り合いの旦那を川向こうまで送った帰りだ。探索に苦労しているようだから、顔を出したのよ」

あっさりと答えた彦四郎の視線は先行する屋根船が日本橋川を右に曲がるのを確かめた。

「血の繋がらないとはいえ、おっ母さんと倅が逢引か」

亮吉がいう。

日本橋川に出た屋根船の船足が上がり、鎧《よろい》ノ渡しを突っ切ると湊《みなと》橋から霊岸島《れいがんじま》新堀へ、さらに豊海橋を潜って大川に出た。

「逢引とは違うかねえ」

「違うようだね」

亮吉と政次が言い合った。

屋根船は永代橋を左に見て、越中島《えっちゅうじま》の方角へと大川の流れに乗って一気に斜めに突き切ろうとしていた。

屋根船は越中島と深川相川町の間にぽっかりと口を開いた堀に舳先を入れて一息ついた。

彦四郎の猪牙も半丁ほど後ろに従い、堀に乗り入れた。

「若親分、彦四郎がとっ捕まえた餓鬼どもが最初に年寄りを狙ったのが富岡八幡宮と違ったか」

「あいつらはすでに在所に送り戻されたはずだ」

と政次が答え、屋根船の行き先を見た。

屋根船はゆっくりと深川永代寺の門前町を左に見て東へと下っていき、蓬莱《ほうらい》橋を潜ると富岡八幡宮の広い船着場に船縁《ふなべり》を寄せた。

「変な話だぜ」

亮吉の呟きをよそに彦四郎も屋根船から離して猪牙を止めた。

「おれもいくぜ」

と彦四郎が猪牙を杭《くい》に舫《もや》った。

「押しかけがまた増えた」

「また増えたとはどういうことだ、亮吉」

「弥一が最近じゃあ、手先面しているぜ」

「どぶ鼠、弥一のような小僧とすでに金座裏の分家扱いの彦四郎様を一緒にする気か」

「そうじゃないがよ」

屋根船を待たせた登兵衛とお銀が富岡八幡の鳥居を潜り、境内に入っていった。

「二軒茶屋で美味いもんでも食おうって気か」

亮吉が言う。

富岡八幡の鳥居の内側三、四丁の両側は酒店、料理茶屋が軒を連ねて、牡蠣《かき》、蜆《しじみ》、蛤《はまぐり》、鰻《うなぎ》など季節季節の魚料理が名物で、川向こうから遊客が絶えなかった。特に富岡八幡の参詣《さんけい》は門前まで舟で来られるというので年寄りにも人気が高かった。

亮吉のいう二軒茶屋は、わけありの男女に料理と座敷を貸すので知られていた。

「それほど余裕があるとは思えないがねえ」

政次が応じた。

登兵衛とお銀は社殿に進むと何事か熱心にお参りして、なにがしかの銭を賽銭《さいせん》箱に放《ほう》り込んだ。そして、再び参道を引き返すと、永代寺門前町の稲荷社の裏手の路地に回り込んだ。

深川には私娼《ししょう》をおく岡場所がいくつもあった。そんな傍らを抜けた二人が辿《たど》りついた先は、道幅一間余の突き当たりに表戸だけが見える家だった。黒板塀に囲まれた家の敷地はさほど広いとも思えなかったが、竹藪《たけやぶ》が板塀の内側に密集して、中の様子を窺わせなかった。また二匹か三匹、犬が飼われているらしく、二人が敷地に入った途端激しく吠《ほ》え立てた。

「金貸しの女房と婿が入っていくにしては変な家だぜ。それに潜《もぐ》り込もうにもあの犬じゃあな」

と嘆息した亮吉が、

「若親分、おれがこの界隈で探りを入れてこよう。ちょいと時間をくれないか」

と言い出し、政次が、

「頼もう、亮吉」

と応じる言葉の最後を聞かず、機敏な独楽鼠ぶりを発揮してすぐさま闇に溶け込んだ。

長い時が流れた。

登兵衛もお銀も出てくる様子がなかったが、亮吉もなかなか戻らなかった。

秋まで生き残った蚊に政次と彦四郎は何度もくわれた。なにしろ二人して六尺を超えた偉丈夫だ。目標が大きいだけに逃げようもない。

「くそっ」

と囁きながら彦四郎が何度も蚊を潰《つぶ》そうとしたが、敵も必死だ。なかなか捕まらなかった。

蚊との攻防に決着が付かない頃合、亮吉が息を弾ませ戻ってきた。亮吉が聞き込みにいって半刻は過ぎていた。

「若親分、あたりだねえ」

「あたりとはなんだ、どぶ鼠」

長いこと待たされ、蚊との戦いにうんざりしていた彦四郎が政次に代わって詰問した。

「尖るな、彦四郎。あの家はな、小壺の万蔵《まんぞう》という男の持ち家だそうだ。あの家には女衆は飯炊き婆が通いでくるくらいで女けはねえ。この界隈のかげま茶屋からの注文で、愛らしい男の子を送り込む商いだ」

いつの世にも同性に、それも少年へ偏愛を抱く者がいた。それを商いにするのが小供屋だ。

「小供屋か」

「そういうことだ」

「小壺の万蔵はいくつだね」

政次が亮吉に聞いた。

「三十を二つ三つ過ぎた頃合だというぜ。今じゃあ、酒でふやけているが、その昔はこやつもなかなかの美男だったらしいぜ」

「小供上がりだな」

「そういうことだ」

「小兵衛を襲った四人組が万蔵の小供だろうか」

「若親分、小供として客に呼ばれるには薹が立ち過ぎた鍛治屋《かじ》の倅がいる。円之助《えんのすけ》って野郎だが、万蔵の番頭格だ。こいつがいつも懐に手造りの両刃を持ち歩いているそうだぜ。それに残忍なことにかけてはこの界隈で知らぬ者はねえ。こいつが野良猫や野良犬を捕まえていたぶった上になぶり殺しにするのを何人も目撃している」

「円之助を頭にした小供四人が小兵衛を襲ったか」

「若親分、万蔵にはね、妹が一人いた。八右衛門《はちえもん》新田生まれの万蔵は小供に、妹は品川女郎になって、幼い頃から世間の波風を潜ってきたのだ」

「亮吉、万蔵の妹が小兵衛の後添いのお銀か」

「どうやらそうらしいな」

政次がしばし沈思した。

「お銀と登兵衛には小兵衛を殺す理由が生じた。そんな折、在所から出てきた少年らが年寄りばかりを狙う強盗をやり始めた。そいつらが最初に舞台に選んだのが、偶々この富岡八幡の門前だ。それを知った万蔵がお銀と話し合い、円之助を頭にした四人組を増上寺門前に出張らせ、小兵衛を囲んで円之助が刺すと同時に三人の小供に信玄袋を奪いとらせた。つまり七人組の仕業に見せかけようとした、そんな筋書きかねえ」

「まあ、当たらずとも遠からずだろうぜ」

亮吉が政次の推理に賛意を示した。

「証拠の信玄袋を押さえられればいいが、それが出ないと厄介だ」

と政次がいい、

「彦四郎、親分に知らせてきてくれないか」

と彦四郎に願ったとき、竹藪の家で玄関戸を押し開く気配がして、登兵衛とお銀が姿を見せた。

その登兵衛が家の中を振り返り、叫んだ。

「万蔵さん、礼金が先だというんだね」

「当たり前ですよ。こちらは仕事を果たしたんですからね、登兵衛さん」

「妹が口を合わせているんだ、信用しないのか」

「金銭ばかりは妹だろうと親だろうと別物ですよ」

登兵衛の体が凍《い》て付いたように固まっていたが、ふいに向き直ると、

「糞《くそ》ったれが」

と小さく吐き捨て、家の中から小壺の万蔵の笑い声がからからと響いてきた。

## 四

翌日、富岡八幡宮から永代寺の門前町一帯に金貸し三橋の小兵衛殺しの絵入り手配

書が張り出された。

「川向こうの増上寺門前で餓鬼どもが悪さしたのに、なんで川を渡った深川界隈で手配書が張り出されたんだ」

「お上のやるこった。なんぞうらがあるのかもしれないぜ」

「おれ、この餓鬼の面、どこかで見たような気がするがな」

「うちの長屋にも悪餓鬼はいるがさ、これだけの面魂《つらだましい》はいねえな」

櫓下《やぐら》の高札場の手配書を見た通りがかりの職人が話し合っていた。

昼下がり、用足しに出た小壺の万蔵はその手配書に目を止め、

（こいつはまずい）

と胸の中で叫ぶとどうしたものかと思案した。

三人の小供はなんとでも誤魔かしが利くが、円之助の目付き、顔付き、挙動を絵は見事に描ききって、とても逃げ切れないと思った。

円之助を深川から逃すことだ。その前に内山町を訪ね、円之助の高飛び料に小判を頂戴せねば動きがつくまいと考えた。

万蔵はその足で稲荷社裏の塒《ねぐら》に戻ると、円之助を呼んで手配書が張り出されていることを告げた。

ぽかん
とした顔付きで万蔵の話を聞いた円之助が片手を懐に突っ込み、手造りの両刃の得物の柄《つか》を握りしめた。

「親方、だれがそんな絵を描いたんだ」

「そいつは知らない」

「見もしねえで描けはしめえ」

「だが、円之助、おまえそっくりだよ。早晩、おまえの下に御用聞きがくる」

「どうする、親方」

「しばらく江戸を離れて、ほとぼりを冷ますんだな」

「おれは江戸の他は知らねえぜ」

「旅に出ればまた別の楽しみもあらあ。だがな、それにしても先立つものは金だ。登兵衛とお銀、うだうだ抜かして手付けの二十五両の他は渡さねえ。おれが今から乗り込んで約定の百金《ひゃっきん》はせしめてくらあ。円之助、その金持って長《なが》の草鞋《わらじ》を履きねえ」

「くそったれ、この年で獄門に首を晒《さら》せるものか」

「円之助、だれも外に出すんじゃない。おれが戻ってくるまで家に籠っているんだ」

と命じた万蔵は家の裏口から蛤町の黒船橋に回り、そこで猪牙を拾った。

「動きだしたぜ」

亮吉が常丸と相談し、蓬萊橋に待機させていた彦四郎の猪牙に告げた。そこには政次が控えていた。報告を聞いた政次は、

「亮吉、常丸兄いらと円之助ら悪餓鬼どもを見張るんだ。表裏しっかりと目を凝らして逃げ出さないように頼む」

「合点承知だ」

亮吉が再び小壺の万蔵の塒へと戻っていった。

「彦四郎、頼もう」

「あいよ」

すでに舫い綱を解いていた彦四郎が石垣を手で突くと、猪牙を流れに乗せ、櫓に替えた。そして、一つ先の黒船橋に向かって力強く漕ぎ出した。

猪牙の真ん中にどっかと腰を下ろした小壺の万蔵は、懐に入れた信玄袋を押さえた。

三橋の小兵衛が肌身離さず持っていた信玄袋には金貸しにとって大事な印形と大口の証文、さらには内山町の床下に作られた蔵の鍵《かぎ》と頑丈な銭箱の鍵が三つ入っていた。

蔵の鍵も銭箱の二つの鍵も長崎から伝えられた南蛮仕掛けの錠前で、無理に壊そうとすると、蔵も銭箱も作動しなくなるという小兵衛自慢の代物だった。

万蔵が金貸し小兵衛の番頭の登兵衛と妹のお銀に永代寺門前町の料理茶屋に呼び出されたのは十数日前のことだ。

「兄さん、頼みがある」

お銀が万蔵を見た。

「なんだ」

「亭主の小兵衛からいつも手首に下げている信玄袋を奪いとってくれないかねえ」

「お銀、なんぞドジをふんだか」

「登兵衛さんと逢引しているところをさ、大部屋の役者中村なんとかに見られてね、金子を強請《ゆす》られているのさ」

この中村杵蔵《きねぞう》、おかるが関わりをもつ情夫の一人、歌舞伎の役者だった。

「なんてこった、娘の亭主と乳繰り合ったというのか」

「それもあるがさ、兄さん。小兵衛め、金貸しの癖に銭の使い方が細かいんだよ。うちでは豆腐一丁自由に買うことがままならないよ。この際だ、内山町の金蔵を総ざらいしてさ、どこぞに逐電しようという話になってるんだがね。兄さんも一丁、乗っておくれな」

呆れた、と答えた万蔵が、

「小兵衛から信玄袋を奪うだけでいいのか」

「この際だ、一思いに殺しちまいなよ」

「あっさりというぜ、お銀。小兵衛には娘がいるが怪しまないか」

「兄さん、そいつは心配ないよ。おかるもおかるのほんとうのおっ母さんも小兵衛を始末して、金蔵の金子を分けてもらいたいと腹を減らした野良猫みたいに口を開けて待ってんだよ」

「どいつもこいつも呆れた一家だぜ」

　と答えた万蔵が、

「おれが小兵衛から信玄袋を取り上げ、始末したとしねえ。いくら礼に出す」

「万蔵さん、百両ではどうです」

　登兵衛が初めて口を開いた。

「呆れたぜ。舅が舅なら婿も婿だぜ。これだけの仕事を命じておいて始末料がたったの百両だって。さすがに金貸しの婿どのだねえ。内山町の金蔵には一体全体いくら小判が眠っているんだ、お銀」

「はっきりとした額は、小兵衛以外だれも知らないのさ。この登兵衛さんもね。だけど、少なくとも千両箱三つは下るまいと思うよ」

「お銀、登兵衛さんよ、三千両の持ち主を始末させて、おれに百両ぽっちだと。おれが恐れながらと奉行所に訴えでたらどうなる」

「小供上がりの兄さんにそんな真似が出来るもんかね。わかったわ、金蔵を開けてみなきゃあ、なんともいえないけどさ、三百両で手を打たない」

「いいだろう」

と悪党同士の誓約はなった。

小兵衛殺しは富岡八幡宮で年寄りの巾着を狙ったという七人組の少年の犯行を真似て、増上寺門前で円之助ら四人が見事にやってのけた。信玄袋が手に入ってみると、三百両ぽっちの礼金では馬鹿馬鹿しくなった万蔵は、お銀と登兵衛に蔵の金子の半金を要求した。だが、お銀らも、

「兄さん、欲をかくんじゃないよ」

「話になりませんよ」

と二人からその提案を拒まれ、信玄袋は万蔵の手の中に未だあり、小兵衛の金蔵は三つの鍵で守られていた。

ともかく円之助に五十両も持たせて草鞋を履かせる、小兵衛の財産の半分はおれのものだと万蔵は考えていた。

そんな最中に円之助ら四人組の襲撃を見ていた者がいて、手配書を江戸市中に張り出した。もはや一刻の猶予もない。

万蔵はなんとしても今晩のうちに内山町の金蔵を開き、金蔵の半金を頂戴する覚悟で猪牙舟に乗っていた。

「政次、内山町に乗り込むつもりかねえ」

先を行く猪牙舟が大川に出たところで彦四郎が言った。

「まず間違いなかろう」

「役者が揃ったかねえ」

「深川が動いたってことは内山町でも騒ぎがおきているさ」

しほの描いた小兵衛襲撃の図は、内山町界隈にも張り出され、使いに出たおかるがその手配書を見て、仰天した。

「これは大変だわ」

おかるは内山町界隈を歩き、大胆にも高札場から手配書を引き剝《は》がして家に持ち帰り、お銀と登兵衛に見せた。

「おかる、えらいことですよ」

登兵衛が狼狽《ろうばい》し、

「この似顔絵、万蔵さんのところの円之助そっくりじゃないか。お銀、手が深川に回るとこっちにも役人がくるよ」

と言い足した。

「登兵衛さん、なりは大きいが肝《きも》は小さいねえ。こんなところに手配書を張り出してなんの役に立つものか。深川は川向こうですよ」

とお銀が平然とした顔で言い放ち、おかるも、

「そうだよ、お上も馬鹿だねえ。殺されたお父っつあんの地元に手配書を張ってなんになるというのよね」

と、ようやく動揺から立ち直り、

「だけどさ、こんな手配書が回るようじゃあ、こっちもうかうかしていられないわ。床下の金蔵を壊そうよ」

と言い出した。

「おかる、南蛮錠のかかった蔵だよ。そう簡単に壊せるもんじゃないよ。万蔵さんが阿漕なことを言わなきゃあ、今日にも小判が拝めるんだがね」

「よし、兄さんを呼ぼう」

とお銀が応じたところに小壺の万蔵が姿を見せた。

「ちょうどいいところに兄さんが姿を見せたわ」

とお銀が兄を迎えた。

「どうした、お銀」

知らぬ顔で万蔵が妹に聞き返した。

「どうもこうも兄さんにさ、願って鍵を借り受け、金蔵を開けようという下相談をしたところさ」

「おれに蔵の金子の半金をくれるというんだな」

「それは強欲ですよ、万蔵さん」

登兵衛が言い募った。

「ならばどうしておれを呼ぼうなんて気になった」

「いえね、この界隈に兄さんのところの円之助ら四人が小兵衛を襲った図が載った手配書が張り出されたんだよ」

「なんだと」

「兄さん、心配ないさ、おかるが手配書は剝《は》いできたからね。それに深川は川向こう、ちょいと遠いよ」

万蔵が玄関先で腕組みした。

「どうした、兄さん」

「おれの塒の界隈でもそいつが張り出されたんだ」

「なんだって」

おかるが驚愕した。

「おれは猪牙を芝口橋で捨て、この界隈を見回ったが、そんな手配書はどこにも張り出されてなかったぜ」

「だから、私が高札場からそっと剝がしてきたんですよ」

とおかるが言い、剝がした手配書を万蔵に見せた。

「そいつは聞いた。だが、この一件おかしいぜ。深川のおれの塒付近と内山町だけに手配書が張り出されるなんてよ。小兵衛殺しの真相にだれかが気付いて、おれたちが動くように仕掛けているんだよ」

「万蔵さん、もう猶予はならないよ。金蔵開けて小判を山分けして、どこぞに逃散《ちょうさん》する手筈《てはず》を整えたほうがいいよ」

「よし」

と悪党四人が玄関先から家の中に駆け込んだ。

お銀が小兵衛の寝所の飾り棚の仕掛けを操作してぐるりと回すと、ぽっかりと金蔵に下りる地下階段が姿を見せた。

この金蔵、江戸の名物の火事が起こっても庭の泉水の水が一気に地下蔵へと流れ込むような仕掛けになっていた。

「だれか行灯《あんどん》の明かりを」

行灯が用意され、石段が明かりに浮かんだ。

「私、ここより先は行ったことないわ」

とお銀が言い、娘のおかるも頷き、登兵衛が、

「私だって教えられていません。因業な義父でしたよ」

と応じた。

一行四人が石段を下り切ると、二畳ほどの広さの踊り場があって、頑丈そうな鉄扉が石組みの壁に組み込まれていた。

「万蔵さん、鍵を願いますよ」

「よしきた」

万蔵が信玄袋から一番大きな南蛮鍵を取り出し、

「ちょいとお穴拝借」

と面白くもない冗談を言いながら登兵衛が鍵穴に突っ込み、右に回してみた。だが、

開く様子はない。

「おかしいねえ」

登兵衛は右に半回転させた鍵を元に戻してみた。すると、
かちゃり
という音が響いて鉄扉の鍵が解かれた。

「やった」

おかるが叫んだ。

万蔵が両開きの鉄扉をぎいっと開き、足元に置かれていた行灯を突き出しながら蔵の中に入った。蔵は四畳半ほどの広さで綺麗《きれい》に整頓されていた。左右の壁は証文類が整頓されて保管されていた。

「証文なんてどうでもいいや。どこに銭箱はあるんだい」

欲の皮が突っ張った四人が行灯の明かりを動かして探した。

「これだよ」

と登兵衛が突き当たりの証文の棚を横手にずらした。すると石の壁に横幅二尺縦三尺の新たな鉄扉が姿を見せた。

「鍵穴も二つだ、こいつに間違いないよ。万蔵さん、最後の鍵を貸して下さいな」

万蔵が登兵衛を押しのけると、

「おれがやる」

と一つ目の鍵を鍵穴に差し込んだ。今度の鍵は難攻不落、右に回そうと反対に戻そうとなかなか開かなかったが、万蔵と登兵衛が交代で、

「ああでもない、こうでもない」

と繰り返した末にようやく四半刻後に開いた。

「やったよ、お父っつあん、山吹色をいくら溜め込んだのかしら」

とおかるが行灯の明かりを金庫の中を照らそうと持ち上げた。するとまず千両箱が二列三段に重ねられているのが見えた。

「なんと六千両だよ」

お銀が言い、

「こいつはうちの亭主だった小兵衛の持ち金だ。私が引き継ぐ権利があるよ」

「なに言っているんだい、私は娘だよ」

と後添いと娘が睨み合った。

「おかる、こいつは私とお銀のものだよ」

今度は登兵衛が言い出し、

「仮にも私がおまえの女房だよ。女房の肩を持たず、品川の飯盛り上がりと組んだか」

とおかるが叫んだ。

「いや、おめえらにはだれもこの千両箱はやらねえ。この小壺の万蔵がそっくりと頂くぜ」

と万蔵が懐から匕首《あいくち》を抜いた。

「兄さん、妹の私をどうしようというんだよ」

「この際だ、あとくされないように三人して始末をつけてやろう」

万蔵が匕首を振りかぶり、三人が証文の詰まれた棚に後ずさりした。

そのとき、

「田舎芝居はそこまでだ。金座裏の十代目政次が許さないよ」

という啖呵が金蔵に響いて、銀のなえしを構えた政次、八百亀、だんご屋の三喜松、さらには弥一、彦四郎までが姿を見せた。

「ああうっ」

と悲鳴を上げた万蔵が匕首を翳して政次に躍りかかったが、あっさりと銀のなえしの一振りで叩き落とされ、鳩尾《みぞおち》をなえしの先で突かれて膝を屈した。

その夜、鎌倉河岸の豊島屋では清蔵が、

「しほちゃん、川越まで独り旅でいけるかねえ」

「大旦那、知らない船旅ではございません、大丈夫ですったら。帰りは政次さんと一緒ですから」

とその日、何度目かの会話を繰り返していた。

そこへ亮吉が暖簾《のれん》を勢いよく掻《か》き分けて店の中に飛び込んできた。

「おや、川越の芋を食ってあたった下痢ぴいの鼠が姿を見せたぜ。なんだか、鼻が大きく開いて興奮しているぜ」

と駕籠《かご》かきの繁三《しげぞう》が言う。兄の梅吉《うめきち》が、

「十三里には鼠が高ぶる薬が入ってんのか」

と聞いた。

「馬鹿野郎、増上寺門前町で起こった金貸しの小兵衛殺しの下手人を金座裏の政次若親分と手先が引っ括ったんだよ。清蔵の大旦那、一席語るかねえ」

「金貸しがだれに殺されようと私には関心がございません。どうせ欲深い連中が関わった騒ぎでしょうが」

「旦那、金座裏から勢い込んで走ってきたんだぜ。聞いておくれよ」

と亮吉が泣きついた。

「そうかえ、おまえさんがどうしても講釈がしたいというのなら、常連のお客様に断らないでもないがね」

と清蔵が言うと繁三が手をひらひらと横に振って、

「酒が不味《まず》くなる。むじな亭亮吉の素人講釈はいらねえ」

とあっさり断った。

「清蔵さんも繁三さんも折角《せっかく》亮吉さんが御用の先から駆け付けてくれたのよ。そんな意地悪をいわないで拝聴して」

としほが執り成し、亮吉の講釈場を作った。

「なんだかおれも気が乗らないや。やめておくか」

「亮吉さんもそんなこと言わないで。客が気乗りしないときほど、思い切り声を張り上げ、金座裏のご一党の活躍の場を語るのよ、それが名人の心意気というものだわ」

としほがぱちぱちと手を叩いたが、どうも景気が上がらない。

いつもとは違う夜が豊島屋で更けていこうとしていた。

# 第四話　掛取り探索行

## 一

中仙道《なかせんどう》の第八番目の宿駅武州熊谷《くまがや》は、江戸から十五里三十四丁だ。宿場の道幅広く、人家も密集してなかなかの賑《にぎ》わいを見せていた。

地名の由来は、

「古今当所の谷に大熊住みて、人民を悩ませしにより、次郎大夫平直貞退治せり。是より地名を熊谷と呼びたりとぞ。また直貞が屋号にも唱えしより、其子直実も継で名乗しとぞ。是熊谷系譜、熊谷寺縁起に載る所なれど、正しきことを知らず」

と古書に伝える。

金座裏《きんざうら》の若親分の政次《せいじ》と亮吉《りょうきち》の二人は、朝まだきの熊谷宿の入口に立っていた。

宿内長さおよそ十七丁半、江戸のほうより本町、新宿、寺門前町と呼び分けられ、三町の両側に人家九百七十余軒が櫛比《しっぴ》していた。

朝靄《あさもや》が路面を薄く這《は》い流れていた。

七つ発《だ》ち（午前四時）の旅人はすでに一刻前に宿場を出ていた。そのせいか宿場はどことなく弛緩《しかん》していた。家々から朝餉《あさげ》の煙が流れて朝靄と一緒に混じり、天に昇っていた。

「ふうっ」

と亮吉が大きく息を吐いた。

小兵衛《こへえ》殺しの一件が婿養子の登兵衛《とうべえ》、後添いのお銀、さらには娘のおかるなど家族が共謀した事件として政次らの手によって捕縛され、さらには小兵衛殺しを実際に請け負った小供屋の主《あるじ》の小壺の万蔵、小供上がりの円之助《えんのすけ》、さらには小供三人らが常丸《つねまる》と亮吉らによってお縄にかかり、茅場町《かやばちょう》の大番屋に一同が雁首《がんくび》を揃《そろ》えて、北町奉行所定廻り同心寺坂毅一郎《てらさかきいちろう》の手によって下調べが行われた。

政次はその後の立会いを養父の宗五郎《そうごろう》や八百亀《やおかめ》、常丸らに任すと、亮吉を伴い、翌未明金座裏を発ち、戸田川を越えて中仙道をほぼ十六里の歩き通し、熊谷宿に到着したところだった。

なにしろ亮吉が病み上がりだ。その体を労《いた》わりながらの旅だ。

最初、政次は一人で探索に出る気だった。川越ではしほと落ち合い、しほの親戚筋に祝言の挨拶《あいさつ》をしなければならない。そんな私用がからんだ旅に手先を伴うのはどう

かと考えていたが宗五郎が、

「亮吉を連れていけ」

と命じた。また亮吉も、

「若親分、足手纏《まとい》にはならないから同道させてくんな」

と懇願し、二人旅になった。

途中、桶川《おけがわ》付近で雨に降られ、地蔵堂に雨宿りしたりして、まるまる一昼夜を要したことになる。

「亮吉、よう辛抱した」

「若親分、十六里は堪《こた》えるね」

「おまえの場合は十三里だよ」

「違いねえ」

と亮吉が冗談に答えられるのは十六里を歩き通した自信からだ。

「どうするね」

「ちょいとお店《たな》を訪ねるには早いが、木綿《もめん》問屋の羽根木《はねき》屋を訪ねてみようか。番頭の栄造《えいぞう》さんとは知らない仲ではないからね」

「よし」

と亮吉が自らに鼓舞するように応じた。

武州熊谷は木綿売買の宿として知られ、羽根木屋も代々この家業を継いでいた。だが、当代の華右衛門《かえもん》になって商いがうまく回らなくなったか、松坂《まつざか》屋の盆暮れ二度の支払いも滞りがちだという。

「若親分、羽根木屋の滞りはいくらあったんだ」

「松六《しょうろく》様に内々に聞いてきたが、二百三十四両二分だそうだ」

「半期で二百両を超える買い物を松坂屋からしたのか」

「娘さんが嫁に行かれたこともあってね、この一年余の間にこんな額になったようだ」

松坂屋の手代だった政次は、地田舎の取引の注意は厳しく決められていることを承知していた。

例えば、地田舎の長年の得意方が分家を作り、番頭に暖簾《のれん》分けして新規の商売を始め、松坂屋との取引を希望した場合も本店本家の一札があった後、帳面には本家、新規の当人の、

「両判」

を取ることが定められていた。また十年の付き合いを経ないと掛高《かけだか》を多く貸すこと

を禁じられ、得意先の主が死亡したときは往々にして相続人が派手な商いに転じて家業を倒産させることがあるゆえ、掛けは内輪にすることなど諸々の細則があった。

それでも「焦げ付き」はなくならなかった。

地田舎方への抜擢《ばってき》は出世の階段の一つだが、この地田舎方をうまくこなしてのことだ。

此度卯助《うすけ》が暮れ前に臨時廻りをしたのも、そんな細則に則《のっと》ってのことだ。

「羽根木屋さんは当代に代わられて六年が過ぎている。商いもそろそろ落ち着きを見せてもいいころだがね」

と政次が亮吉に説明したとき、二人は熊谷寺《ゆうこくじ》の門前町の一角にある羽根木屋の前に来ていた。

間口十二間、なかなかの威勢だ。

すでに通用口は開き、小僧たちが表の掃除を終えていた。

「ご免なさいよ」

夜露を避ける菅笠《すげがさ》を脱いだ政次が潜《くぐ》りを跨《また》ぎ、店に入った。すると奉公人たちが広い土間に集められ、番頭からその日の仕事内容か説明を受けていた。

板の間に立つ番頭が訪問者を窺《うかが》い見て、

「おや、松坂屋の政次さんじゃないか。おまえ様は江戸でも名代《なだい》の御用聞きの親分の家に養子に入られたんじゃなかったかね」

と声を掛けてきた。

「栄造さん、しばらくでございます。いかにも私、松坂屋から金座裏の宗五郎の家に養子に入りましてございます」

「ああ、御用の筋があって中仙道を通られるついでに挨拶に見えられたか」

「まあ、そんなところです」

と答えた政次が、

「栄造さん、ちょいと時間を拝借できませんか」

と願った。

「それは構いませんよ」

と応じた栄造が奉公人たちに最後の注意を与え、奉公人らは朝餉を取るために奥へと消えた。

大戸が下ろされた店は三人だけになった。

「政次さん、おまえさん方、夜旅をして来られたか」

栄造が政次の羽織の肩に光る夜露に目を止めて驚いた顔で聞いた。

「いかにもさようです」

「お上の御用を預かる町方も大変だ」

と答えた栄造がぽんぽんと手を叩《たた》き、女衆に茶を持ってくるように呼ばわった。

「どうか、気を遣わないで下さいな」

再び政次さん、うちに御用で来られたようだな」

「政次さん、うちに御用で来られたようだな」

と先の問いを自ら撤回するように聞いた。

「はい」

「ということは、松坂屋さんと関わりがあることかな」

「いかにもさようです」

「八日も前だったか、たしかに松坂屋の手代の卯助さんがうちに見えたよ」

「お代を払われたんですね」

「奥向きの払いですからね、番頭の私にも分かりません。ですがねえ、卯助さんの帰りの様子を見れば、掛取りがうまくいったかどうかは分かりますよ」

言外に払ったと栄造が答えていた。

「栄造さん、華右衛門様に溜《た》まった掛取り、いくら支払われたか。また支払われたのなら、証文が残っていようと思いますが、それを見せて頂くわけには参りませんか」

栄造の顔付きが険しくなり、語調も変わった。

「政次さん、おまえさんはもはや松坂屋の奉公人ではなかったね」

「出たと申しましたよ」

「となれば関わりがない他人だ。その他人に大事な証文を見せられるものか」

栄造の血相が最前とは全く変わっていた。

「栄造さん、事情を話さなかった私が悪かった。卯助さんが掛取りに出たまま江戸に戻る予定を五日も過ぎているんですよ。おまえ様も商人の番頭なれば、この遅れの意味がお分かりでしょう」

「卯助さんが掛取りの金子《きんす》を持ち逃げしたと松坂屋では考えられた」

「その可能性もないわけではない。道中で襲われたとも考えられる、どちらにしても卯助さんの一生に関わることだ。そこでこうして卯助さんの掛取り先を訪ね歩いているんですよ」

「政次さん、ならば答えよう。奥ではちゃんと掛け金を支払われ、卯助さんも満足して、これから小川村に回ると出ていかれた。私が言うのだから間違いない」

「それがいつのことです」

栄造はじいっと薄暗い天井の一角を眺めて考えていたが、

「さっきも言ったとおり、八日前の昼過ぎ、八つの頃合かね。間違いございません」

と言い切った。

朝餉を食べ終えた小僧と手代が店に飛び出してきて、下ろされていた大戸を開け始めた。するとと朝の光が店の土間に差し込んできた。

「政次さん、そろそろ商売の時間だ」

「番頭さん、最前の頼みですがね、卯助さんがこちらに残した書付証文を見せて貰《もら》えませんか」

「それはどうかね」

と栄造が渋り、

「江戸名代の御用聞きとはいえ、中仙道筋の宿場でいくらなんでも強引な調べも出来ますまい、政次さん」

と言い切った。

亮吉がなにか言いかけるのを手で制した政次が、

「気分を害されたらご免なさいよ。ですが、うちも御用なんです」

「だからさ、おまえさん方が肩で風を切られるのは江戸府内だけと申しているのですよ」

政次の視線が栄造から往来にゆっくりと向けられ、そして、また戻ってきた。

「栄造さん、おまえ様に説明する要もあるまいが、熊谷宿は八州《はっしゅう》様の支配地でしたね。私は懐に松坂屋の委任状と関《かん》八州を監督する勘定奉行石川左近将監《いしかわさこんしょうげん》忠房《ただふさ》様の取調べ許し状を携えていないわけではない。おまえ様がどうしてもと申されるならば、書状の力を借りられないわけじゃあない。だが、そのときは、この土地の八州廻りの手先を呼び、うむを言わさず店じゅうを片っ端から引き剝《は》がして調べることになりますよ、番頭さん」

政次の静かな口調に栄造が、

ぶるっ

と身を震わせた。だが、なにも答えない。

「致し方ない、亮吉。土地の御用聞きを呼んでおくれ」

と政次が命じて、

「合点だ」

と店の外に飛び出していこうとした亮吉を、

「ちょっと待って下さい」

と栄造が止めた。

「なんだい、番頭さん。うちの若親分がこれだけ礼儀を尽くして説明申し上げているのにえらい態度だねえ。金座裏の宗五郎の名は熊谷じゃあ知られてないというのかえ。ならば申し上げるが、金座裏には三代将軍家光様お許しの金流しの十手が代々許されているんだぜ。数年前のことだ。当代様の御能拝見に呼ばれた九代目の宗五郎親分は、三百余州を治められる公方《くぼう》様の求めに応じて金流しの十手を披露したこともあらあ。その金看板の宗五郎の跡目を継ぐ若親分の話が聞けねえというのなら、出るところに出ようか」

「お待ち下さい。奥にて相談して参ります」

栄造が奥へと蹌踉《そうろう》と入っていった。

政次と亮吉はそれからさらに四半刻も待たされ、ようやく店先で証文を見せられた。

その証文の内容を亮吉が書き写し、

「お邪魔を致しましたねえ」

と二人はあっさりと表に出た。

亮吉がお天道様の昇り具合を確かめた。

羽根木屋に一刻半もいたことになる。

「亮吉、どこぞで朝飯を食べようか」

二人は新宿の方角に少しばかり戻り、街道筋から入った路地で馬方《うまかた》らを相手にした一膳《いちぜん》めし屋に入った。

「いらっしゃい」

眠たそうな声で小僧が二人を迎えた。

「朝飯を食わせてくんな」

「へえっ。蒟蒻《こんにゃく》の煮付けに大根の味噌汁《みそしる》、それに黄金飯です」

「黄金飯だと、初めて聞くぜ。小僧さん、なんだ、それは」

「あれっ、黄金飯を知らないんですか、田舎者だな。ご飯に油揚げと沢庵《たくあん》を刻んで煮込んだご飯ですよ」

「油揚げと沢庵が黄金か、そいつを二人前だ」

「そいつもなにも、それしかないんです、へえーぃ」

小僧が奥に消え、無口の女衆が縁の欠けた湯飲みで茶を運んできた。

二人は夜旅の喉《のど》の渇きを茶で癒した。

「羽根木屋じゃあ、結局茶も出なかったたな」

番頭が奥に叫んだが、とうとう最後まで渋茶の一杯も出なかった。

「亮吉、ここの茶がなんぼか美味《おい》しいよ」

「全くだ」

「卯助さんは半金を受け取る約定で熊谷に来た。だが、羽根木屋では二百三十四両二分のうち、七十両しか支払ってない。あの様子ならば、なんだかんだと注文をつけてのうえのことだと思うな。それでも卯助さんは二月後の暮れに残りの代金を払ってもらうという約定を書かせている」

「卯助さんの手跡に間違いないかい、若親分」

「間違いないよ。それに受け取りの印形も松坂屋の上州方のものだ」

「となると掛取りの首尾は別にして、卯助さんは羽根木屋をあとに小川村に向かったことになるか」

「間違いない」

　政次は胸に蟠《わだかま》る影を抑えて亮吉に答えた。

「朝飯の後、小川村までのすか」

「亮吉、体は大丈夫か」

「熊谷から小川までどれほどあるね」

「三里ほどだろう」

「ならば小川村の御用を済ませて今晩ゆっくりしようか」

「よし」

と政次が答えたところに最前の小僧と女衆が、

「黄金飯二つ」

と朝餉を運んできた。

朝餉を食した二人は再び菅笠を被《かぶ》り、草鞋《わらじ》の紐《ひも》を締め直して、中仙道に別れを告げた。まずは荒川を越えなければならない。

土手に上から小手を翳《かざ》すと少し下流に渡し船が往来しているのが見えた。

ごろごろとした石の河原を渡し場まで歩むと七、八人の客が待ち受けていた。

渡し船は向こう岸に到着したばかりで、しばらく時間がかかりそうだ。

「若親分、ちょいと用を足してくらあ」

と亮吉が葦原《あしはら》に駆け込んでいった。

また腹具合がおかしくなったかと、政次は亮吉の体調を案じた。

渡しを待つ客は土地の百姓衆と旅人が半々だ。百姓の一人は馬を引いていた。旅人の中には三味線を持った、年増《としま》女と十四、五歳の娘連れの年寄りがいた。どこか湯治にでもいった帰りか、そんな風体だった。

亮吉が葦原から姿を見せて、

「ああ、すっきりした」

と言った。

腹具合が悪いわけではなさそうだ、と政次は安心した。

二人が河原の岩に腰を下ろしたとき、渡世人の一団が渡し場にやってきた。

凝った革細工の煙草《タバコ》入れから銀煙管《ギセル》を出した、恰幅《かっぷく》のいい男が親分のようだ。子分たちは道中合羽《ガッパ》に三度笠、派手な造りの長脇差《わきざし》を差し落としていた。

「親分、酒はどうだえ」

と子分の一人が瓢簞《ひょうたん》を見せた。

「喉が渇いたぜ、もらおう」

と親分が河原の石に腰を下ろした。

「渡しが来るまでだいぶ時間がかかりそうだな、親分」

と追従《ついしょう》を言った子分の一人が、

「おい、三味線の姐《ねえ》さん、こっちに来てじゃらじゃらと鳴り物を入れてくれないか。渡し船待ちの客も喜ぶぜ」

と大声を張り上げた。

年寄りが立ち上がり、

「どちらのお身内衆が存じませんが、小勝《こかつ》師匠は長唄《ながうた》の先生でしてね、体を悪くして伊香保《いかほ》の湯に湯治に行っての帰りです。素人衆《しろうと》にはおもしろくもおかしくもございません。ご勘弁下さい」

と断った。

「爺様《じいさま》、おもしろいことをいうね。素人だから分からないだと、分かる分からないをだれが勝手に決めた！」

怒鳴り声が河原に響いた。

「これは失礼を致しました。決め付けたわけではございませんので。病み上がりゆえお許し下さいと申し上げたかったのでございますよ」

「三味線を持っているじゃねえか。この河原で賑やかにじゃらじゃらと撥《ばち》を掻《か》き回せばいいんだよ」

そう言った子分が、

「ほれ、娘、こっちに来て親分に酌をしねえ。もう一人の年増は鳴り物だ」

と指図した。

「中仙道は俠気《きょうき》の土地柄と聞いていたが、田舎やくざが横行する街道か」

と亮吉が大声を上げた。

「なんだと、てめえ、抜かしたな」

子分の矛先がこちらに変わり、長脇差の柄《つか》に手をかけ、のしのし、と亮吉の前にやってきた。

亮吉が岩から腰を上げた。言わずと知れた独楽鼠の亮吉だ。相手の首ほどにも亮吉の背丈はなかった。

「寸足らず、てめえ、鹿沼《かぬま》の紋蔵《もんぞう》親分に盾つこうというのか」

寸足らず、の言葉に敏感に反応した亮吉の動きは俊敏を極めた。いきなり相手の股《こ》間《かん》を蹴《け》り上げると相手は、
あ、痛たたっ！

と腰を落としてよろよろと後退《あとずさ》りした。

「やりやがったな」

仲間二人が長脇差を引き抜いてすっ飛んできた。

政次が悠然と立ち上がった。

「おれっちが何者か、知らざあ、言って聞かせるから、耳をかっぽじって聞きやがれ。

江戸は千代田の御城の常盤橋《ときわ》の傍、金座を守護する御用聞き、金流しの宗五郎親分の後継、政次若親分と一の子分亮吉様の二人連れだ。てめえら、世間の裏街道を歩くやくざ者なんぞは、佃煮《つくだに》にするほど相手にしてきたお兄いさんだ。おこわほども怖くねえや」

と啖呵《たんか》を切った。

「抜かせ、ちびが」

二人のやくざが長脇差を振り回すと政次と亮吉に躍りかかろうとした。

その瞬間、政次が背に差し込んだ銀のなえしを引き抜くと、二人の間に割って入り、目にも留《と》まらぬ早さで左右に振るった。

一瞬の間に長脇差が叩き落とされ、肩口を叩かれた二人が河原に転がった。

そのとき、船が着いた。

「渡しが着いたぞ！」

政次が呆然《ぼうぜん》と盃を手にした鹿沼の紋蔵を目で牽制《けんせい》すると、

「行こうか、亮吉」

と渡し場へと向かった。

二

渡し船が岸を離れた。

待っていた土地の百姓衆も旅人も馬と一緒に渡し船に乗った。だが、鹿沼の紋蔵親分と子分どもは渡し場に残ったままだ。

「金座裏の若親分さん」

と渡し場でやくざに絡まれた年寄りが政次に話しかけてきた。

「とんだ災難でしたねえ」

「いいえ、お二人があの場にいなければと思うと、背筋がぞっとしますよ。お礼が遅くなりましたが、真《まこと》に有り難うございました」

と深々と白髪《しらが》頭を下げ、女と娘もそれに倣《なら》った。

「なんのことがありましょうか」

と政次が応じ、

「老人、御用の旅じゃあなきゃあ、あんな三下どもはお縄にして八州廻りの番屋に放《ほう》り込むんだがさ、縄張り外のこともあらあ。あの程度で勘弁してやったんだ」

と亮吉が胸を張った。

「江戸に参った者の噂《うわさ》に、金流しの十手の親分のことを聞いておりましたが、なかなかの威勢にございますな」

年寄りは如才がない。

「湯治に行かれた帰りですか」

と政次が船中の四方山《よもやま》話に話題を転じた。

「挨拶が遅れましたな。私どもは小川村の庄屋の禎右衛門《さだえもん》と孫娘のおはつ、それに遠縁の小勝師匠の三人連れで伊香保に十日余り湯治に参った帰りです。いえね、私は持病の腰痛、師匠は夏の疲れが出たってんで、孫を連れての湯治旅でした。まさか荒川の渡しであのような災難に遭おうとは考えもしませんでしたよ」

という禎右衛門に長唄の師匠までもが、

「金座裏の若親分さん、助かりましたよ」

と口を添えた。

「皆さんが恐縮する話ではございません」

と政次が軽く流し、

「若親分、小川村の人だってよ」

と亮吉が口を挟んだ。

渡し場で一騒ぎあったあと、厄介者は向こう岸に残した船の中だ。なんとなく和やかな雰囲気が漂い、晩秋の日差しが荒川を渡る船に穏やかに散っていた。

「禎右衛門さん、おれたちも小川村に御用だ」

「ほう、小川村にな」

禎右衛門がなんの御用だという顔で二人を見た。

「小川村の紙漉《かみす》きを訪ねていくところです」

と政次が曖昧《あいまい》に答え、

「紙漉きですか、小川村には何軒もございますがな」

「甚之丞《じんのじょう》さんのところだよ」

亮吉の答えに、

「小川和紙の親元親方ですがな。師匠、よい道連れが出来ましたよ」

と禎右衛門が小勝師匠に言いかけたとき、渡し船の舳先《へさき》が岸にあたった。

河原の土手に上がった政次らはなんとなく禎右衛門らと足並みを揃える旅になった。

道の両側は畑地だ。

政次らもせかせかと歩く気にはなれなかった。それに江戸から徹夜旅で体も疲れていた。

「若親分、旅は道連れと申しますが、小川村へはもはや二里少々、嫌でも昼過ぎには着きますよ」

と禎右衛門がいい、

「金座裏の若親分がまた甚之丞さんのところになんの御用でございますな。いえね、小川村は江戸どころか熊谷に比べても在所にございますよ。御用の筋と聞いてつい余計なことを申しました」

「庄屋さん、日本橋の呉服屋松坂屋の奉公人が熊谷、小川、川越《かわごえ》と掛取りに出まして、店への戻りが予定をだいぶ遅れております。それで松坂屋に頼まれて手代さんのあとを追っているところですよ」

と政次が説明した。

「ははあ、松坂屋の頼みでしたか。甚之丞親方の漉く紙が江戸で受けたんで、ここんとこ内証も豊かだ」

「娘でも嫁にやられたのかねえ、甚之丞親方はさ」

亮吉が口を挟んだ。

「そうではございませんよ。親方のところは倅《せがれ》ばかり四人でな、お上さんは十年ばかり前に亡くなられましてねえ。松坂屋から呉服を買うなんぞ何年もなかったはずだ」

「するていとだれが買ったんだい、庄屋さん」

亮吉はここぞと突っ込んだ。

松坂屋は男物も扱うが主は女物の呉服だ。どうしても値が張り、買う枚数も多い。

亮吉は女衣装で支払いが滞ったと考えたのだ。

「二年も前かねえ、親方がさ、長男と同じ年頃の漉き子だったおれんさんを後添いに入れられましてね。それで再び松坂屋との取引が始まったようですね」

「そんなことか」

政次は甚之丞の掛け代金が百十三両三分と承知していた。漉き子上がりの女が後添いになって買い求めたにしてはそれなりのものだ。

「おれんさんは江戸の呉服屋から友禅なんぞを買い込むほど派手な人かねえ」

亮吉が話を進めた。

「手先さん、私も内情はよく知らないが、親方との祝言のときの着物、それにさ、おれんさんの連れ子のおいとちゃんの七五三を派手に祝ったときの代金じゃないかね」

「連れ子の七五三を派手に祝ったのかえ」

「親方が五十を過ぎてもらった若い後添いと連れ子のおいとちゃんにめろめろなんですよ。なかなか立派な祝いが続いたからね、物入りでしたでしょうよ。もっとも甚之丞親方の工房はさ、漉いた端から江戸の紙問屋が待って持っていくほど売れているもの、おれんさんとおいとちゃんの衣装代くらい直《す》ぐに払いなされよう」

小川村の庄屋の禎右衛門が保証して、政次と亮吉の御用の半分は小川村に到着する前の道中で半ば済みそうな感じだった。

田舎道が交差する辻で昼餉を五人一緒に食した。

亮吉は名物の田舎蕎麦《そば》を二杯もお代わりし、腹がくちくなったか、こくりこくりと居眠りを始めた。

「手先さんは疲れておいでのようですね、若親分」

「江戸から徹夜旅でしてね、それに亮吉は病み上がりなんです」

と政次が簡単に亮吉の病と夜旅を告げた。

「それは居眠りも出る」

と答えた禎右衛門が、

「若親分、小川村に旅籠《はたご》なんぞありませんよ。今晩はうちで泊まって下さいな。渡し場のお礼がしたい」

と言い出した。

「私どもも小川村になければ、川越へ向かう道中で宿を探そうと考えておりました」

「それを聞いたら嫌とは言わせませんよ。是非ともうちに泊まって下さい」

もはや禎右衛門はその気だ。政次は居眠りする亮吉を見て、頭を下げた。


小川村に五人が到着したのは八つ半（午後三時）の頃合だった。いったん村の入口で別れた政次と亮吉は、禎右衛門に教えられた甚之丞の工房を目指した。

雑木林に囲まれた屋敷の敷地を小川が流れ、その上、敷地から湧《わ》き水が出るようで敷地の中に水音が響いていた。

長屋門を潜った二人の視界に、熟した柿の木の下、無心に遊ぶ二人の姿があった。

母屋の玄関前の庭で四つほどの娘とがっちりとした体格の男が紙風船を突いて遊んでいるのだ。なんとも仲睦《なかむつ》まじい光景だった。

政次は甚之丞とおいとだと見当を付けた。

「おいと、それ、突け」

と叫んだ男が政次らを見た。

「おや、客人かな」

「甚之丞親方ですね」

腰を折って挨拶した政次が穏やかに聞き、

「いかにも私が甚之丞ですがね」

「江戸からね、御用で伺いました」

と前置きして名乗りを上げた。

「おいと、遊びはこれまでだ。おっ母さんに客人が来られたでお茶を淹《い》れてくれと言うんだ」

おいとを奥にやった。

「親方、五十になって娘ができた心境はいかがです」

「承知でしたかえ」

と満足そうな笑みを浮かべた親方が、

「私はねえ、男ばかり四人の倅持ちでね、娘の愛らしさを知りませんでした。おれんを後添いにもらい、孫のような娘まで出来た。五十路《いそじ》を過ぎてこんな暮らしにめぐり合うなんて、なんとも幸せですよ」

と親方が正直な気持ちを語り、色付いた柿の葉の影が落ちる縁側に二人を誘って座らせた。

「御用とはなんですね」

政次は松坂屋の手代卯助が江戸に戻ってこない由を正直に述べた。

「それは心配だ」

　と案じた甚之丞が、

「卯助さんは確かにうちに見えましたよ。七日前かねえ、うちに半刻ほどいて川越に向かうと言い残されていかれましたがねえ」

「親方、気を悪くしないで下さいな」

「なんです、若親分」

「掛取りのお代を払われた証文を見せていただけませぬか」

　と政次が願うと、甚之丞が、

「おまえ様方の御用も大変だ」

　とあっさりと答え、折りよくお茶を運んできた若い女房のおれんに、

「おれん、松坂屋さんに支払った代金の証文を出してな、江戸の客人に見せておやり」

　と静かに命じた。

　政次と亮吉の小川村での御用はあっさりと終わった。

「亮吉、疲れたろう」

政次は亮吉の体調を気遣った。

「ただ歩いているだけだ。なんてことないぜ」

と答えた亮吉が、

「それより今晩の宿を探さなきゃならないぜ。こんな在所じゃあ、旅籠も見つかるめえ」

「安心しな。最前、出会った禎右衛門様が今晩庄屋屋敷で泊まるように招じてくれたんだ」

「別れ際の挨拶がおかしいとは思っていたが、そんな相談になっていたのか」

亮吉の足の運びが急に軽くなったようだった。

小川村の庄屋禎右衛門の長屋門は、鉤《かぎ》型に曲がって交差する四辻《よつつじ》の一角にあった。

政次と亮吉が敷地に入ると、

「御用は済みなさったか」

と旅装を解いた禎右衛門が出迎え、

「ささっ、若親分、亮吉さん、湯が沸いてますよ。江戸からの長旅の疲れを癒して下さいよ」

「禎右衛門様方も伊香保からの道中でございましょう。まず、主どの、そして家族の方々が入られて下さいな。私どもはそのあとで結構です」

「なにを申されますか。私らは伊香保で体がふやけるほど湯に浸かってきましたよ。あなた方が夜旅の汗を流すのが先ですよ」

と湯殿の前まで二人を案内した禎右衛門が、

「亮吉さん、早々に湯に浸かってきなされ。熱燗《あつかん》の地酒をたっぷりと囲炉裏《いろり》端に用意してございますでな」

「えっ、酒が用意されてますので。若親分、ここは遠慮をするとこじゃねえぜ。急いだ急いだ」

と湯殿に飛び込んでいった。


翌早朝、小川村を発った政次と亮吉は最後に卯助が掛取りに回った川越城下を目指した。

小川村から川越まで田舎道をおよそ九里弱だ。

二人の足なら七つ前に楽々と城下に到着できた。

渡し場の一件があったとはいえ、禎右衛門は二人を歓待してくれた。

夕餉の席には長唄の小勝師匠も孫娘のおはつ、留守を待っていた家族も同席して、賑やかなものとなった。

湯に浸かり、酒をたっぷりとご馳走《ちそう》になった亮吉は夕餉が終わる前に、またこくりこくりと船を漕ぎ始めて、

「おはつ、亮吉さんはよほど疲れておいでだよ、床に案内しておくれ」

と早寝をさせられていた。そのせいで亮吉の足取りは軽かった。

「亮吉、どんな気分だ」

「こういうのを爽快《そうかい》というのかね。腹下しが治ったとはいえ、どこかさ、薄紙が一枚おれの体にこびりついているようだったがさ、ゆんべの酒ですっかり消えた」

「なによりのことだ」

下里を通過する頃、亮吉はぶら下げていた小田原提灯《ちょうちん》の明かりを消した。

今朝も乳白色の朝靄が行く手に漂っていた。

「この分なら日中は晴れそうだ」

と亮吉が畳んだ提灯を背に負った風呂敷包みに仕舞おうと野地蔵の傍らで足を止めた。

政次は二人の行く手に現われた人影を見ていた。

「亮吉、馴染《なじ》みの顔がお待ちかねだ」

「ふうん、なんだと」

と顔を上げた亮吉が、

「鹿沼の紋蔵の馬鹿が、おれたちを追ってきたのか」

亮吉が急いで風呂敷に小田原提灯を仕舞い、背に再び負った。

銀煙管をくゆらしながら、紋蔵らは朝靄を蹴散らかして二人の前に歩み寄ってきた。

「紋蔵、なんぞ用事か」

「おめえらをこのまま江戸に帰したのでは稼業に差し障りがある」

と紋蔵が銀煙管の先で二人を指した。

「先生方、頼まあ」

道中合羽に三度笠の子分の後ろから二人の剣客浪人が姿を見せた。

羊羹《ようかん》色の道中羽織も袴《はかま》も毛羽立ち、裾《すそ》は解《ほっ》れていた。だが、体付きはがっちりとして大小も腰に馴染んでいた。

「鹿沼の、約束のものは頂戴《ちょうだい》するぞ」

「金座裏の面子《メンツ》を潰したとあらば、おまえ様方も関八州で名が上がりますぜ」

と勝手な会話が政次らの鼻先で交わされ、

「呆《あき》れたね」

と亮吉が呟《つぶや》いた。
二人の剣客浪人が道中羽織を脱ぎ捨て、剣を抜いた。
政次は背に差し込んでいた銀のなえしを抜くと、柄に巻き付けていた平紐を解き、その端を手首にかけて、柄を握り締めた。
亮吉も短十手を構えて、政次の後ろに控えた。
浪人剣客と政次の間には二間半の間合いがあった。
「行くぞ」
髭面《ひげづら》の剣客浪人が自らを鼓舞するように長身の仲間に言った。そして、八双に構えた剣を右肩の前で何度か上下させて突っ込む間合いを計っていたが、
ええいっ！
と気合を発して踏み込んできた。
その瞬間、政次の手から銀のなえしが飛び、突進してきた剣客浪人の鼻っ柱を、
がつん
と打ち砕いた。
げえぇっ
と前のめりに朝靄の地表に突っ伏せた。

「やりやがったな！」
仲間の長身剣客が脇構えの体勢で間合いを詰めてきた。
だが、そのときには政次の手に銀のなえしが引き戻されて握り直されており、車輪に回される剣に、
ちゃりん
と音を響かせて打ち合わされた。
剣客の剣が物打ちから二つに折れ飛び、
あっ
と驚きの声を発した剣客の額をなえしがしたたかに打ち据えた。
どさり
と仲間の傍らに二人目の剣客が突っ伏せた。
鹿沼の紋蔵は両眼を真ん丸に見開いて銀煙管を無闇《むやみ》に振り回した。
「紋蔵、うちの若親分の腕前を知るめえ。江戸で一、二を争う剣術の赤坂田町の直心《じきしん》影《かげ》流神谷《かみや》丈右衛門《じようえもん》先生の五指に入ろうという門弟だぜ。もちっと骨のある奴を探せなかったのか」
亮吉の声が戦いの場にのどかに響いた。

三

江戸に一番近い大名家の武州川越藩は番城として重視され、幕閣重臣が配置されてきた。だが、一家で安定することなく頻繁に入れ代わらされ、徳川幕藩体制を通じて、八家二十一代が川越城主を務めることになる。

親藩の松平（越前）大和守直恒《やまとのかみなおつね》が藩主の川越城下に金座裏の若親分の政次と亮吉の二人が到着したのは、寛政十二年（一八〇〇）の秋から冬に季節が移ろうという夕暮れ前のことであった。

「若親分、しほちゃんはいくらなんでも川越に着いていめえ」

城下の北側から町に入った亮吉が政次に聞く。

「私らが発った日には川越夜船は出なかったからね、一日遅れで出立しているとしたら、明日の夕暮れか、明後日かな」

卯助の掛取り先の二軒の探索が思いの他、捗《はかど》ったことも二人が川越に先着した理由だ。

川越舟運は川越城下と江戸の浅草花川戸の間の水路三十里を結ぶ定期船だ。

下りは流れに乗って一気だが、江戸からの戻りは上げ潮と帆と櫓《ろ》を使っての遡行《そこう》だ。

流路が最も激しいのは宮戸付近で、〝樋《ひ》の詰め〟と呼ばれる船頭泣かせの難所が控えていた。ここでは何人もの船頭が綱で引き、船で夜を越すことになる。

「となると味噌油問屋三丁屋《さんちょうや》を訪ねるのが先かね」

「亮吉、卯助さんは二軒の掛取りで百八十三両三分を懐にしておられた。小川村で全額支払ってもらったのが大きかったからな。三軒目の三丁屋本店が半額でも支払ってもらうと、一軒目熊谷の取立てが少なかった分、取り戻せる。張り切って川越に乗り込まれたろう」

「三丁屋本店の滞りはいくらだ」

「三百二十五両ほどだ」

「大きいな」

「二年前、身代代わりで得意先に引き物として反物を買われた。それと妹を嫁に出したときの金子が残っていた」

「松坂屋としたことが、えらく滞らせたな」

「三丁屋本店は古い付き合いの得意先でな、私が手代の頃もよく江戸店に先代の旦那様が顔を出されて買い物をされていたよ。着物道楽の旦那だったが、決して無茶買いはなさらなかった。此度、これほどの額になったのは江戸店で直取引《じきとりひき》をなされ、内金期また半期と遅れた理由だ」

「となると、こんな額になったのは、上州方の卯助さんだけの責任ではないんだね」

「元々川越は上州方の卯助さんの担当ではない。武州方か江戸店が直に担当する地域でね、私も川越には縁があった。だが、三丁屋など町屋ではなく武家方回りだったから、三丁屋本店には縁がなかった」

「松坂屋はちょいと気を緩めすぎたということか」

「隠居の松六様も反省なされていたが、三丁屋本店との古い付き合いを重視したことが、こんな始末を呼んだというのだ。江戸店での直取引は松坂屋の番頭の親蔵《しんぞう》さんも承知していた。代替わりと嫁入りの祝いが重なって、大口になった意味を古手の奉公人がついうっかりと忘れていたと松六様は何度も悔やんでおられたよ」

「代替わりのあと、三丁屋本店の家運が傾いたのだろうか」

「松坂屋でも三丁屋本店の内情を調べたようだが、そんな様子はないというし、此度も文を貰い、半金は必ず入れると約定されていたそうな」

「ふーむ」

と答えた亮吉が、

「これから三丁屋本店に乗り込むかい」

「最前からそのことを考えているんだ。いきなり乗り込んで様子を見るか、周りを固めて三丁屋本店に明日訪ねるか。最後の手がかりではあるが、ただ今のところ松坂屋の大事な得意先には変わりない」

「若親分、もしだよ。三丁屋本店が半金なりとも支払っていたら、川越舟運の船問屋で江戸行きの船を予約するな」

「亮吉、船に乗り込んだ後、なにか諍《いさか》いに巻き込まれたというのか。それならば絶対に江戸に知らせが入る」

「そうだな。船頭から乗合い客と大勢が一緒だものな。川越夜船になにかあったら、読売が騒ぎ立てる」

「亮吉、まず松坂屋の武州方が泊まる宿を訪ねよう」

と政次が方針を固めた。

寺町の養寿寺裏の旅籠秩父《ちちぶ》屋が松坂屋武州方の泊まる定宿だった。

二人は暮れかけた城下を急いだ。

政次は何度も松坂屋の御用で川越に来ていたことから、迷うことなく川越の寺町裏にある秩父屋に辿り着いた。

「ご免なさいよ」

男連れの客を年増の女衆が出迎え、

「お泊まりですか」

と声をかけ、菅笠を脱いだ政次の顔を見て、

「おや、松坂屋の手代の政次さんじゃありませんか」

と声を張り上げた。そこへ帳場から番頭菊蔵《きくぞう》が顔を出して、

「おこう、今や松坂屋の手代さんではないよ。金座裏の宗五郎親分の養子に入られて若親分だよ」

と言うと、

「政次若親分、御用ですか」

と聞いた。

「菊蔵さん、ご無沙汰《ぶさた》しております。今晩、宿を願いたいが、その前にちょいと聞きたいことがございます」

「なんですな」

と菊蔵が訝《いぶか》しい顔をした。

「七日ほど前、松坂屋の手代の卯助という者がこちらに厄介になりましたか」

「政次さん、おまえさんに説明の要もないが、松坂屋さんの掛取りは盆暮れと決まってますよ。時節外れにお出《い》ではございませんな」

「ほう、こちらに姿を見せなかった」

政次と亮吉は顔を見合わせた。

「時節外れに川越に来られたと言われるのならば、新河岸の船問屋伊勢安《いせやす》で聞かれるのが先ですよ」

「若親分、掛取り先に行くか、それとも伊勢安かえ」

亮吉が政次にお伺いを立てた。

「いや、まずこちらにご厄介になろうか」

その返事に頷《うなず》いた菊蔵が女衆に濯《すす》ぎ水を用意させた。

二人は手早く旅装を解くと足を洗い、女衆に一階の暗い感じの部屋に通された。

「どうする、政次若親分」

「亮吉、ちょいと考えを整理しようか」

二人は行灯《あんどん》が音を立てて燃える部屋で向き合って座った。

「卯助さんが小川村から川越城下に向け、七日前出立したのは間違いない。道中なにかあったとすれば、私たちも道々聞きながら来たんだ、なにか小耳に入ろう」

「騒ぎがあった様子はなかったな」

「となると卯助さんは川越に到着した可能性が高い。着いた刻限にもよるが、まだ明かりが残っていれば、卯助さんは迷うことなく三丁屋本店を訪ねられたと思う。金子を払ってもらえないにしても次の日の約定は出来るからね。日が落ちての到着ならば秩父屋に入り、翌朝改めて三丁屋本店を訪ねよう。松坂屋の掛取りはよほどのことがないかぎり、先方が暖簾を下ろした後、訪ねるような躾はされてない」

「だがよ、ここには卯助さんは来なかったぜ」

「道中でなにかあったか」

「なんの聞き込みもなかったぜ」

「私どもの聞き込みが甘かったか、あるいは三丁屋本店を訪ねた後になにか騒ぎに巻き込まれたか」

「うまいことさ、三丁屋本店で掛け金を支払って貰ったんで、その足で七つ（午後四時）過ぎに出る花川戸行きの夜船に乗ったということはないか」

亮吉が話をそこに戻した。

「考えられないことはない。船問屋の伊勢安に問い合わせれば直ぐに分かる」

「伊勢安が松坂屋の船問屋だもんな」

「すべて松坂屋の地田舎方の立ち寄る先は決められているからね」

「これからおれがひとっ走り伊勢安に走ろう」

と亮吉が立ち上がろうとするところに菊蔵が盆に茶を載せ、宿帳を持って姿を見せた。

「若親分、こんな部屋しか残ってなくてすいませんね」

と詫《わ》びた菊蔵が、

「松坂屋さんの御用で来られたか」

と聞いた。

松坂屋と秩父屋の付き合いも古い。それだけに菊蔵も案じ顔だ。

「卯助さんにこちらは馴染みではありませんよね」

「ございませんよ。だけど、政次さん、松坂屋の奉公人ならそう名乗られましょうが」

政次が頷き、

「事情をお話し下さいませんか。私どもにできることがあれば手伝いますよ」

と菊蔵が言い出した。

しばし沈思した政次は腹を括《くく》った。

政次は卯助が臨時の掛取りに出て、予定を過ぎても江戸のお店に戻らぬ経緯を話し、この御用は松坂屋の隠居に頼まれてのことだと付け加えた。

「掛取りは大金を懐に入れての道中ですから、一番危険な旅ですよ」

とお店の奉公人を長年相手にしてきた菊蔵が顔を曇らせ、

「若親分、川越の掛取り先はどこですね」

と聞いた。

「内所にしてくれませんか、菊蔵さん」

「念には及びません。松坂屋さんとうちの信用に関わることです。他所《よそ》で話すことはございません」

ときっぱりと菊蔵が言い切った。

「味噌油問屋の三丁屋本店です」

はっ、と驚きの表情を見せた菊蔵は、直ぐには口を開かなかった。

「なんぞございますので」

「政次さん、三丁屋本店は潰《つぶ》れましたよ」

亮吉がごくりと息を飲み、政次が聞いた。

「話そう」

「いつのことです」

「この半年前からいろいろと噂は飛んでましたがな、暖簾を下げたのはつい十日も前のことです」

「左前になった理由はなんです」

「当代の平左衛門《へいざえもん》さんの賭《か》け将棋です」

と菊蔵が返答した。

「若親分、おれは伊勢安に尋ねてこよう。二人でがん首揃えて行くこともあるまい」

亮吉はこの場を若親分に任せ、調べがつくところは少しでもあたっておこうと考えたか身軽に立ち上がった。

「頼もう」

政次の返事がしたときには亮吉は部屋から飛び出していた。

ふうっ
と菊蔵が溜息《ためいき》を吐いた。

「政次さん、松坂屋の手代は三丁屋本店の騒ぎに巻き込まれたかねえ」

「分かりませせぬ」

と首を振った政次が、

「三丁屋本店には親類縁者が川越におられましたかな」

「それなんですよ。此度の店仕舞いは分家二軒も巻き込んだ大騒動でしてね、分家の家族と奉公人はなんでうちまでと、旦那の平左衛門さんに恨みを抱いているという話ですよ」

「なぜ、分家まで暖簾を下げる話になりました」

「本家の平左衛門さんが借財の保証に分家の名前を借りていたんです」

「三丁屋本店、分家二軒の店はどうなりますので」

「飯能《はんのう》のやくざの親分、落合の寅市《とらいち》が抑えたってことです」

「飯能のやくざが三丁屋本店をねえ」

「賭け将棋に巻き込んだ張本人ですよ」

「寅市は最初から三丁屋本店を乗っ取るつもりで賭け将棋に誘い込んだのですかねえ」

「その辺りは私には分かりません。ひょっとしたら若親分の申されるとおり、平左衛門さんは騙《だま》されたのかもしれない」

「賭け将棋が川越で流行《はや》っているので」

「私も実際に見たことはありません。平左衛門の旦那が無類の将棋好きで子供の頃から熱心だったのはこの界隈《かいわい》で有名です。旦那になってからは好き放題だ。旅の将棋指しが三丁屋本店の離れに何ヶ月も泊まり込んで、旦那に指南していたこともしばしばだそうですよ」

「此度の賭け将棋は、平左衛門と寅市親分が直に対局してのことですか」

「いえ」

と菊蔵が顔を横に振った。

「半年以上も前から江戸将棋の龍源寺五撰《りゅうげんじごせん》名人が三丁屋本店の離れに滞在しておりましてな、なんでも平左衛門さんの代打ちが龍源寺名人、落合の寅市には上方から流れてきたという川辺参五郎《かわべさんごろう》という将棋指しが代打ちで七番の大勝負を戦ったそうで、川辺が七戦目で龍源寺名人を下したそうです」

「互いに大金を賭けたわけですね」

「噂によると一戦一戦に何百両という金子が賭けられたようですよ。最後は川越で百五十年も続いた老舗《しにせ》の味噌油問屋の三丁屋本店の証文を賭けての勝負と聞いております」

「なんということを」

と嘆いた政次が、

「その七番勝負が終わったのはいつのことです」

「つい十数日前のことですよ」

となると卯助は大勝負の直後に三丁屋本店を訪ねた可能性が強いことになる。そして、その懐には百八十三両三分が入っていた。

「平左衛門一家はどうしています」

「お店を直ぐに追い出されて檀家《だんか》寺の日進寺に移らされて、旦那は抜け殻のようだと聞いています」

と菊蔵が言った。

亮吉が秩父屋に戻ってきたのは六つ半（午後七時）を回った刻限だ。

「若親分、卯助さんが伊勢安に立ち現れた様子は全くないぜ」

「やはりないか」

と答えた政次、

「亮吉、腹が空《す》いたろう。ご膳を食べながら話をしようか」

政次は帳場に命じ、酒を頼んだ。

「若親分、道々考えたんだがね、松坂屋の奉公人が二百両近くの給金を自分の手にするのはいつのことだ」

「給金の一部はお店が預かり、店を辞するときか、暖簾分けのときに返される。だけど二百両の大金となれば、十三、四で奉公を始め、選ばれて松坂屋の本店奉公を繰り返し、暖簾分けでもしてもらう番頭でもなければ手にできまい。そのときは四十歳を過ぎていようね」

「そこだ。卯助さんがさ、百八十三両三分に目が眩《くら》んだことはねえな」

「亮吉、念には及ばないよ。おまえは卯助さんの人柄を知らないからそんなことが言えるがねえ、私が知る卯助さんならば、万々そのような間違いは起こさない」

何度目の答えか、政次が強い調子で言い切った。

「となると三丁屋本店でなんか諍いに巻き込まれたか」

女衆の手で熱燗の酒が運ばれてきた。

「遅い夕餉ですまないね」

と政次がなにがしかの銭を女衆の手に握らせた。

「酒が欲しければ呼んで下されよ」

女衆がにこにこ顔で部屋を出ていった。

政次が亮吉の盃を満たし、亮吉が政次の酒を注いだ。

「お疲れさん」

二人は熱燗の酒を飲み合った。

「亮吉、嫌な話を聞いた。いや、菊蔵さんにだ」

と前置きして、菊蔵から聞いた話を告げ、最後に言った。

「飯能を縄張りにした落合の寅市という名のやくざが三丁屋本店を乗っ取っていたんだ。店にはそいつらがいた可能性が強い」

「まずいぜ」

亮吉の即答に政次も頷いた。

「卯助さんは飛んで火にいる夏の虫とばかりにやくざにとっ捕まったか。始末されて荒川に流され、懐の金子は奪われたってことも考えられるぜ」

険しい顔で政次が首肯した。

「どうするね」

「こうなればじっくり腰を据えての探索だ。明日の朝、三丁屋本店の主だった平左衛門に会う」

「行き先が分かるか」

「菩提《ぼだい》寺《じ》の日進寺にいると聞いている」

「飯能のやくざと面を合わせるのは周りを固めてからだな」

「そういうことだ」

「よし」

と亮吉が言うと盃の酒を飲み干し、

「もう酒はいい。飯にする」

とお櫃《ひつ》に手を伸ばした。

# 四

翌朝、政次と亮吉はすっきりとした顔で川越城下の寺町の裏手にある日進寺を訪ねた。

川越の老舗味噌油問屋三丁屋の主だった平左衛門と家族が世話になっている日進寺の山門を潜ると、本堂の階段前に綿入れをだらしなくきた蓬髪《ほうはつ》の男が煙管を空吹かしていた。

年の頃は四十前後か、薄汚れた全身から投げ遣りの態度が漂っていた。

「平左衛門さんでございますね」

政次の問いに男が緩慢な動作で顔を上げた。

無精髭が生えた顔はかさかさで、目が血走っていた。だが、眼光に力はなく煙管を口から外すとよだれが糸を引くように垂れた。

「だれか」

とも聞かない。ただ、政次と亮吉を無表情に見た。

「将棋とはそれほど面白いものですか」

政次の問いに顔に激しい苛立《いらだ》ちが漂い、直ぐに失意へと変わる様子が覗《うかが》えた。

「他人になにが分かるものか」

「三丁屋本店の旦那、正直申して分かりません。百五十年余も続いた商いを潰し、家族も奉公人も悲しませるほどの魅力が将棋にあるものかどうか」

「若造のおまえにはわかるまいな」

と呟いた平左衛門が、

「だれだ」

と、ようやく政次らに関心を向けた。

「江戸から参った御用聞きですよ」

「御用聞き、だと」

平左衛門が訝しそうな表情を浮かべ、なにか思い当たったように、

はっ
と驚きの表情を漂わせた。

「江戸日本橋通町二丁目の呉服商松坂屋の手代が八日も前か、おまえ様の店を訪ねましたね。約束の掛取りのためですよ」

平左衛門の顔に不安が過《よ》ぎった。

「掛取りだって。私には覚えがないね」

「二年前のことですよ。おまえ様が主に就いた折、松坂屋から代がわりの祝いの引き物を仕入れ、さらには倅に嫁を迎える仕度にあれこれと買い込んで、今も三百二十五両の残金があった。商いの慣わしで盆暮れの節季前には支払ってもらう掛け金だ。だが、二度、三度と節季を迎えたが支払いがない。これまで待ったのは松坂屋が三丁屋本店と長い取引があったからですぜ」

平左衛門は政次の説明にも無関心を装った。

「業を煮やした松坂屋では再三の催促の後、平左衛門さん、おまえ様からまず半金を払ってもらう約定で手代を差し向けた。旦那、私どもは小川村から川越入りした地田舎方が三丁屋本店を訪ねたところまでは押さえているんですよ」

と政次がはったりを咬《か》ませた。

平左衛門の呆けた顔《ほう》に笑いが浮かび、

「江戸からご苦労なことだねえ。十日以上も前に店を追い出され、この寺に転がり込んでいるんだよ。手代が店に来ようとだれが来ようと、私のいる場所なんぞどこにもありはしないよ」

と政次の追及を躱《かわ》した。

「三百二十五両だって、笑わすねえ。私の懐に一体いくらあると思う。煙草《きざみ》すらありゃしないよ」

平左衛門は階段に投げ出された煙草入れを逆さに振った。

「旦那、松坂屋の掛取りとほんとうに会ってないというのかい」

政次に代わった亮吉が聞きながら、自分の煙草入れから刻みを半分ほど摑《つか》み出すと平左衛門のものに移した。その様子をただ、
じいっ
と見ていた平左衛門が、

「三丁屋本店の掛取りならばお店に行くがいいや。蔵の金も借金も、みんな相手のものだよ」

「飯能のやくざ、落合の寅市のものだったねえ」

「ほう、御用聞き、いろいろと調べているじゃないか」

　とあざ笑った。

「私は卯助なんて手代と会わないよ」

「ちょっと待った。どうして掛取りが卯助と分かった」

「長年の出入りの手代ですよ、名くらい覚えてますよ」

「平左衛門の旦那、卯助さんは上州方でねえ、武州川越は初めての掛取り道中だ。私どもは卯助の名を一言も持ち出してない。どうして承知なんです」

「卯助なんて名は私、口にしませんよ」

　賭け将棋が道楽だったという平左衛門は平然としらを切ると煙草入れを摑み、のろのろと階段から立ち上がり、離れの方に綿入れの裾を引きずりながら姿を消した。

　その様子を二人が見送っていると本堂の回廊に住職らしい僧侶《そうりょ》が姿を見せた。最前から三人のやり取りを覗っていた様子だ。

「三丁屋本店の先代が元気に生きておいでだった頃は、平左衛門さんもばりばりと働いておられましたがな」

　政次が会釈を送り、名乗った。

「ほう、江戸でも名高い金座裏の若親分さんでしたか。愚僧はこの寺の住職文覚《もんがく》でしてな」

「住職、三丁屋本店の一家がこちらに転がり込んだのは十日以上も前のことですかえ」

亮吉が聞く。

「行く先がないというんでねえ」

「それ以来、寺の外に出ることはないんで」

「手先さん、私どももなにかと忙しゅうございますでな、普段三丁屋本店の旦那がどうしておられるか存じません。なにしろ分家二軒を巻き込んでの倒産だ。平左衛門さんの評判は今の川越城下では最悪でね、出るにしても日が落ちてのことでしょうよ」

「住職、平左衛門さんを助ける者はいないので」

「ございません。先代が亡くなられた後、主の座に就かれた平左衛門さんは箍《たが》が外れたように賭け将棋にのめりこまれた。飯能のやくざが甘言を弄《ろう》して地獄の縁に誘い込んだのですよ」

「七番勝負でお店ごとすってんてんになったそうで」

「すってんてんどころじゃない。手先さん、平左衛門さんは実の娘のおけいさんとおまきさんの二人を賭け将棋の駒札にしたんですよ」

「なんてこった」

「寅市親分は約定どおりに江戸の吉原に売ると、こちらに引っ越して来た当初は子分がやってきて二人を連れていくだのなんだの大騒ぎでしたな。私が中に入って、そのときはなんとか納まった」

「呆れた話だぜ」

　亮吉が驚きの声を上げ、

「落合の寅市の子分どもはその後も姿を見せますか」

　とさらに聞いた。

「さすが寺を気にしたのか、姿を見せませんな」

　と住職が答えた。

「おけいさんとおまきさんは今も離れにあられますか」

「おかみさんと毎日泣き暮らしておられますよ。自業自得とはいえ平左衛門さんは針の筵《むしろ》でしょうな」

　と住職の文覚が離れの方に目をやった。

「訪ねるかい、若親分」

「女衆はなにも知るまい」

と答えた政次が、

「当分寺の離れで一家は暮らすことになりますか」

「引っ越す当てがございませんでな」

と文覚も困った表情をした。


政次と亮吉の二人は日進寺の山門を出ると大手町の方角へと足を向けた。

「平左衛門は卯助さんと確かに会っているぜ。落合の寅市が乗っ取った三丁屋本店に飛び込んだ卯助さんがとっ捕まり、寺から平左衛門が呼ばれて会ったかねえ」

「そのへんがなんとも判然としないな」

「ならば三丁屋本店に乗り込むか」

「その前にご挨拶をしておこう」

と政次が言い、

「若親分は川越に詳しいものな」

と亮吉が言うと、

「川越は城下町というが、一体全体松平の殿様の城はどこにあるんだえ」

と聞いた。

「亮吉、初雁《はつかり》城は入間《いるま》川を自然の堀に見立てた平城だ。本丸を中心として平らに広がる城なんだ。高さ五十一尺の富士見櫓《やぐら》が天守代わりでな、近くにいかないと城の様子は覗えないんだ」

「天守閣がないとは千代田の城と一緒だな」

政次は亮吉を本丸御殿表門に連れて行き、門番に、

「御番組田崎《たざき》九郎太《くろうた》様にご面会致しとうございます。江戸は金座裏の政次と亮吉の二人が罷《まか》り越しましたとお取次ぎ願いますか」

と願った。

「田崎様は御徒組《おかちぐみ》頭である。暫時《ざんじ》待たれよ」

門番が奥へ使いを走らせた。

「田崎様は出世なされたようだな」

「そうか、若親分と田崎様は神谷道場の同門だったな」

別名初雁城の川越城本丸は、唐破風《からはふ》の玄関で江戸の大名屋敷のような構えにも見えた。

門内に紅葉《もみじ》の木があるのか、はらはらと風に舞って葉が二人の目の前に落ちてきた。

そのとき乗り物を入れるための低い床の式台に見知った田崎が仁王立ちになり、

「政次若親分、亮吉、通れ通れ！」

と大声で叫んだ。

政次と亮吉は川越藩御徒組頭の御長屋の組頭の部屋に通され、貫禄の出てきた田崎と対面した。

「懐かしい顔に会うものだ、御用で参ったか。いや、違うな。江戸の園村辰一郎《そのむらしんいちろう》から政次が金座裏に養子に入り、若親分の道を歩み始めたと言ってきた。その上、しほどのと夫婦になるとも文で知らせてきたがそなたら、祝言は上げたか」

九郎太が矢継ぎ早にあれこれと問い質《ただ》した。

「田崎様、今日明日にも別行でしほちゃんも川越入りし、祝言の相談に園村家と佐々木家に伺う予定にございます」

「そうか、祝言は未《ま》だか。そなたら二人にしほどのまで来るとなると、金座裏が川越に引っ越してきたようで賑やかだぞ。よし、おれがお膳立てする、一堂に会して宴を持つぞ」

九郎太が張り切った。

「田崎様、その前に片付けねばならない御用がございます」

「なんだ。川越のことなら兄弟子のおれに任せよ」

政次は三丁屋にからむ話を田崎九郎太にすべて告げた。

九郎太は川越藩の家臣というより、政次にとって剣の兄弟子であり、なにも気兼ねが要らない仲だった。

「藩御用達《ごようたし》三丁屋本店の倒産は城中でも話題を呼んでおってな、町奉行どのが密《ひそ》かに動いておられる。なにしろ老舗の大店が賭け将棋で飯能のやくざに乗っ取られた、こんな途方もない話はないからな、このままに放ってもおけぬ。だが、三丁屋本店の一件に松坂屋の掛取りの失踪《しっそう》がからんでおることなど、わが家中では知らんぞ」

九郎太が思案した後、

「若親分、しばらく待ってくれぬか。町奉行の篠崎與兵衛《しのざきよへえ》どのを見付け、話し合うてみる」

と断わると九郎太が御用部屋を出ていった。

若侍が茶を運んできた。

二人が茶を喫し終わってもなかなか九郎太は戻ってこなかった。

「若親分、時間がかかるな」

亮吉が言うと痺《しび》れた膝《ひざ》を投げ出し、庭に降る光のあたり具合を見ていたが、

「昼に近いぜ」

と呟いた。

その時、足音が響いて亮吉が慌てて崩した膝を戻そうとしたが、

「あ、痛たた」

と痺れた片膝を突いて、もう一つの膝頭を手で撫《な》でさすった。

「待たせたか。亮吉、足は投げ出してよい」

田崎九郎太がどさりと腰を落とし、

「町奉行どのはそなたらの持ち込んだ話を聞いて欣喜雀躍《きんきじゃくやく》したぞ。いや、松坂屋の手代が危難にあったことを喜んだのではないぞ。此度の三丁屋本店の乗っ取り騒ぎの始末に苦慮しておったところでな、篠崎どのは、此度の事件、川越藩の町奉行と金座裏が手を結んで探索にあたりたいと申しておる。どうだ、若親分、この提案、いかがかな」

「田崎様、私どもは卯助さんの生死が一番気がかりでございまして、松坂屋からも掛取りの金子より手代の命がなにより大事と申しつけられて参りました。川越藩の町奉行の篠崎様のお力添えが頂けるなれば、私どもも心強いことにございます」

「そのこと、町奉行もとくと気遣うと言っておった、すでに隠密《おんみつ》裡に三丁屋の内外の探索を始めた。諸々のことが一同に進行しておるで、篠崎どのは若親分と会い、とく

と相談したいと申しておるが、どうだな」

「異論はございません」

「旅籠はどこか」

「松坂屋の定宿秩父屋に投宿しております」

「よし、三丁屋ともほど近い。篠崎どのを伴い、それがしが夕刻六つ前に秩父屋を訪ねる。またもう一人、そなたらの顔見知りを伴う」

「承知しました」

辞去しようとする二人に九郎太が、

「若親分、新河岸に間もなく浅草花川戸からの夜船が到着致すぞ。しほどのが乗っておられるのではないか。時間潰しに迎えに出られてはどうだな」

と唆《そそのか》すように言った。さすがに江戸と川越を結ぶ舟運の情報だ、藩では的確に摑んでいた。

「よいことをお聞かせ頂きました。そう致します」

二人は川越城本丸大手門を出た。

「若親分、川越藩と手を結んだのはいいが、探索がよ、あちら主導にならないかねえ」

と亮吉が案じた。

「三丁屋本店は百五十年から続いた川越の老舗だ。藩とも諸々の関わりがあったと推測される。亮吉、此度の乗っ取り騒ぎにはわれらが与《あずか》り知らぬことが介在しているよ。郷《ごう》に入っては郷に従えというじゃあないか。夕暮れの会見まで辛抱しよう」

不承不承頷いた亮吉が、

「腹も減ったぜ」

と言い出した。

「新河岸に行けば飯屋はいくらもある、そこまで辛抱しな」

と言い聞かせて二人は新河岸まで急いだ。

二人が新河岸の船宿伊勢安の前に到着したとき、花川戸を二日前の昼に発った夜船が新河岸川の旭《あさひ》橋際に到着したところだった。

「あれ、彦四郎《ひこしろう》もいるぜ」

亮吉が素《す》っ頓狂《とんきょう》な声を上げた。

政次が見れば確かに旅仕度のしほの供という恰好《かっこう》で、大男の彦四郎が従っていた。

「おい、しほちゃん、彦四郎よ」

亮吉が手を振ると船の二人が声に気付き、

「おおっ、若親分、独楽鼠、先に川越入りしていたか」

と叫び返してきた。新たに新河岸に、

「しほ様」

と若い女の声が響いた。

静谷春菜《しずたにはるな》が園村幾《いく》、佐々木秋代《あきよ》と一緒に新河岸の船会所のところに立って、到着した夜船を見下ろしていた。

「役者が揃ったぜ」

と亮吉が駆け出そうとした鼻先に人影が立った。

「おまえさん方、江戸の岡っ引きだってねえ」

でっぷりと太った男は派手な格子縞《こうしじま》の羽織を着て、拵《こしら》えも仰々《ぎょうぎょう》しい長脇差を腰の角帯に差し込んでいた。一見してやくざの親分としれる恰好だ。男は用心棒を従えていた。二人ともに流れ者の剣客だ。

「田舎やくざの落合の寅市ってのはおまえか」

友達に会おうとした矢先、腰を折られた亮吉が言い返した。

すいっ

と浪人が亮吉の前に出て亮吉の襟首を素手で摑もうとした。

亮吉も身構えた。

「先生、止《や》めな」

と貫禄を見せた格子縞が、

「いかにもおれが秩父から川越界隈を縄張りにする渡世人の落合の寅市だ」

「寅市、用事はなんだ。おれっちはちょいと忙しい身だ」

「岡っ引き、三丁屋本店の一件を嗅ぎ回っているそうだな。止めておいたほうがいい。土地の事情も知らずに江戸の岡っ引きが十手なんぞを振り回すと大火傷《やけど》をする」

「寅市、てめえにも言っておこう。おれたちはただの岡っ引きじゃねえ。金座裏の政次若親分と一の子分の亮吉様だ。田舎やくざなんぞの脅しにはびくともしねえ」

「抜かしたな」

寅市がぎょろ目で亮吉を、次いで政次を睨《にら》んだ。

「落合の寅市親分さん、松坂屋の手代卯助さんに会うたな」

微笑《ほほえ》みながら政次が問いかけた。

「知らないな」

「そうか、知らないか。おまえさんがどう考えようとこの一件の白黒をきっちりつけて私たちは江戸に戻るよ」

政次と寅市が睨み合った。先に寅市が目を外すと船問屋の麻金の路地奥へと姿を消した。

# 第五話　代がわり

一

しほの江戸での市井の暮らしは、すべてこの川越城下の悲恋に始まった。

安永八年（一七七九）、川越藩納戸《なんど》役《やく》七十石の村上田之助《むらかみたのすけ》と御小姓番頭《おこしょうばんがしら》久保田修理太夫《くぼたしゅりだゆう》の三女の早希《さき》の二人が城下から逐電したのが切っ掛けだ。

田之助と早希は許婚《いいなずけ》の間柄だったが、城代家老根島伝兵衛の嫡男秀太郎《ひでたろう》が早希を見初めて婚約を強引にも解消させられていた。

一方、田之助は城代家老の嫡男の話を聞き、早希との許婚は身分違いであったと潔くも身を引く決心をした。

早希は秀太郎との婚礼を控えた夜、早希との所帯を持つことを諦《あきら》めた田之助を説得し、手に手を取り合って藩を抜けたのだった。

田之助と早希はそれぞれ江富文之進《えとみぶんのしん》、房野《ふさの》と名を変えて諸国を流浪した後、江戸の深川の裏長屋にようやく居を構えた。

貧乏暮らしの中でしほを懐妊し、出産した。

しほが生まれて十一年後、早希が流行病《はやり》で亡くなった。

母亡き後、しほは一家の主婦として務めを果たしながら、自暴自棄の日々を過ごす父親の世話をしてきた。

十四歳の折、武士を忘れきれない父親を他所《よそ》にしほは町人の娘になることを決意し、本名の江富志穂からただのしほへと名を変えた。そして、豊島屋《としまや》に通い奉公に出たのだった。

そんな日々、田之助が賭《か》け碁の諍《いさか》いから斬《き》り殺されるという事件が起こる。

この事件を担当した金座《きんざ》裏《うら》の宗五郎《そうごろう》一家との付き合いから、しほの両親が川越藩の家臣であったことなど出自も明らかにされていった。

父親の家系は絶えていた。

だが、母親の実家の久保田家の血縁は存在し、早希の姉の幾《いく》は御番頭六百石の園村《そのむら》家に嫁ぎ、もう一人の姉の秋代《あきよ》はやはり家臣の佐々木《ささき》利瑛《としひで》と結婚していた。

かくしてしほと川越との付き合いが始まった。

秋代の娘、しほの従姉妹《いとこ》にあたる春菜《はるな》は、小姓組頭の静谷《しずたに》家の理《り》一郎《いちろう》と結婚し、すでに佐々木家を出ていた。

そんな女三人が江戸から来たしほと彦四郎《ひこしろう》の二人を川越新河岸の船着場に迎えに出た。そこへ政次《せいじ》、亮吉《りょうきち》の二人も駆けつけたのだ。

旧知の男女が賑《にぎ》やかに挨拶《あいさつ》を交わし、再会を喜び合った。

しほは気付いていた。

「春菜様、お腹《なか》にやや子が宿っておられますか」

どことなく春菜の顔がふっくらとしていたからだ。

「しほ様、そうなの」

春菜が微笑《ほほえ》んだ。

「おめでとうございます」

「春菜もしほもなんですね、往来でそのようなことを口にして」

と秋代が言い出したが当人が一番ににこにこして、静谷理一郎との子が出来たことを喜んでいる様子が覗《うかが》えた。

「まずはわが屋敷に参りましょうぞ」

と伯母《おば》の貫禄で幾が一同を誘った。

しほは政次を振り見た。

御用がどうなったか、気にしてのことだ。

「しほちゃん、未《ま》だ卯助《うすけ》さんの生死は不明なんだ。だが、この川越城下で危難に遭ったことは確かだ。そなたも承知の田崎《たざき》様とお会いして、藩の協力も得られることになった。解決までにそう長くはかかるまい」

政次の話を聞いていた幾が、

「政次若親分、川越には御用で参られたようですね」

「園村様、松坂《まつざか》屋の手代が掛取りに参り、この川越で行方《ゆくえ》を絶ったのです」

「それは心配な」

と応じた幾が、

「掛取り先はどこなの」

「味噌《みそ》油《あぶら》を商うお店です」

「あら、三丁《さんちょう》屋ね。あそこは数年前から悪い噂《うわさ》が絶えないから、心配ね」

と掛取り先を言い当てた。だが、それに執着する様子もなく幾は聞いた。

「若親分はどちらにお泊まりなの」

「松坂屋の定宿秩父《ちちぶ》屋に泊まっております。探索には町屋にいたほうがなにかと都合がよろしかろうと思い、ご挨拶が遅れました」

そんなことはどうでもいいけど、と応じた幾が、

「御用となればそなた方を屋敷に誘うことは迷惑でしょうね。だけど、しほをわが屋敷で預かっていいわね」

「お願いします」

と話が決まり、彦四郎が、

「しほちゃんの供を清蔵《せいぞう》さんにくれぐれも命じられて川越まで来たがさ、おれがなにも武家屋敷に泊まることもあるめえ。若親分よ、おれも町中の旅籠《はたご》に泊まっていいか。探索を手伝うぜ」

と言い出した。

「しほちゃんも彦にまとわりつかれるのは迷惑だとよ。おれっちの旅籠にこい」

と亮吉が政次に代わって答え、一同は新河岸から城下へと向かった。

当然、話題は政次としほの婚礼話になった。

「金座裏の親分は、いつ祝言を考えておられるの」

「幾様、親分は来春を考えておられます。松坂屋の隠居も豊島屋の大旦那も金座裏の考えには大いに賛成でございまして、あとはこちらのお許しを得るだけでございます」

「若親分、許しもなにもしほの両親はこの世の人ではございませんしね、ご先祖のお墓に二人でお許しを願えばそれでよかろうと、江戸から文を貰《もら》った権十郎《ごんじゅうろう》は申しております」

権十郎は幾の亭主だ。御番頭は倅《せがれ》の辰一郎《しんいちろう》が継ぎ、いまや隠居の身分だ。

しほは川越行きに先立ち、園村家に手紙を書いたようだ。

「母上、私、政次さんとしほ様の祝言には絶対に江戸に参ります」

と従姉妹の春菜が言い出した。

理一郎と春菜の祝言の折、しほは川越に招かれていた。

「春菜、そのお腹で大丈夫かね。川越夜船は〝樋《ひ》の詰め〟で激しく揺れますよ」

「母上、川越から陸路でいく方法もないじゃなし、なんとしても理一郎様の許しを得ます」

と春菜はもうその気だ。

「春菜様、理一郎様はお元気」

「ただ今江戸勤番《きんばん》を解かれ、父上の跡目を継がれて川越におります」

春菜が満面の笑みで答えた。

どこもが代がわりの時期を迎えていた。

「春菜様、静谷家は御目付《おめつけ》にございましたな」

田崎が知り合いを一人連れてくるといった人物が理一郎かと、政次は思い当たった。

「秋代どの、私どもしほの伯母として宗五郎親分がなんといおうと出ずばなるまいね」

「はい」

「姉上、私は江戸の町屋の祝言は初めてですよ」

二人の伯母はその気だ。

「政次若親分、御用が終わるようなれば屋敷にお出《い》でなされ。皆で夕餉《ゆうげ》を食しましょうぞ」

「さて、どうなりますか」

首を捻《ひね》った政次らとしほら武家組は、武家地と町屋の境の辻《つじ》で二手に分かれた。

政次と亮吉と彦四郎の三人は秩父屋に向かう。

「政次、亮吉、川越夜船は猪牙《ちょき》や屋根船とまるで違うぜ。最初はよ、客になるほうがなんぼか楽と思ったんだがな、船頭衆の動きが気にかかってさ、つい櫓《ろ》を触りたくなってよ」

「触りたくなっただけじゃあるめえ。手伝ったんじゃねえか」

「亮吉、図星だ。だってよ、水路三十里も胴の間に座っているだけじゃあ退屈だしな。

そんでよ、船頭に頼んで大きな櫓を漕がせてもらい、帆の扱いまで教えてもらった。新河岸に着く頃には、兄さん、力が強いし、櫓も漕げる。川越舟運の船頭に鞍替《くらが》えしねえか、稼ぎは江戸で猪牙を漕いでいるより二、三倍になると誘われたぜ」

「そんなこったろうと思ったぜ」

「卯助さんの探索は目処《めど》が立たないのか」

彦四郎が御用を気にして、話題を転じた。

「いや、およそ推量が立った。だがな、この一件には掛取り先のお店《たな》が乗っ取られた事件が絡んでいる。三丁屋本店は藩御用達の老舗《しにせ》だ、川越の事情もあるんでな、そいつ待ちだ」

と亮吉が答え、

「よし、この彦四郎様が江戸から来たからには今日明日にも目処をつけるぜ」

と彦四郎が胸を張った。

「はいはい。なんだか、若親分が二人できたようだぜ」

亮吉がぼやいた。

秩父屋に戻ってみると番頭の菊蔵《きくぞう》が、

「おやまあ、そのでか物もお仲間でございますか。江戸というところはでかい人か、ちびかどっちかしかいないので」

と三人を交互に見ながら迎えた。

「番頭さんよ、昔から山椒《さんしょう》は小粒でぴりりと辛《から》いってね、小粒のほうがきれはいい。旅籠にとってもよ、おれくらいがちょうどよかろう。飯もほどほど風呂にはいるったって湯もそう使わねえ。このでか物の二人と昨日の部屋に眠ると思うとぞっとするぜ」

「ちびの手先さん、藩から使いが見えました。粗略に扱うなという注文でございましてな、今晩からは二階の続き部屋を用意してございますよ」

と部屋が替えられたことを告げた。

「田崎様から使いがございましたか」

政次が聞いた。

「お三方が七つ半（午後五時）にはお出でになるということです。夕餉も用意せよとのことで五つ支度しておりましたが、一人大物が増えましたな」

「これから膳《ぜん》の仕度がなりますか」

「若親分、うちも長年の旅籠にございますよ。飛び込みの一人やふたり、どうとでもなります」

と菊蔵が女衆に案内するように命じた。

昨晩とは打って変わった床の間付きの二階座敷に三人が落ち着く間もなく、

「お客人が参られましたぞ」

と階下から菊蔵の叫び声が響いた。

「あいよ」

と亮吉が気軽に迎えに出ていった。

「おや、理一郎さんだ」

亮吉の叫ぶ声に政次は、

「やっぱりそうか」

と思った。

亮吉に案内されて三人の武家が座敷に入ってきた。

「政次さん、彦四郎さん、元気のご様子なによりです」

春菜の亭主の理一郎とは、金座裏の面々も彦四郎も入魂《じっこん》の付き合いだ。

「お久しぶりにございます、静谷様」

と丁寧な挨拶を返した政次が、

「先ほど新河岸で春菜様にお会いしました。ご懐妊とか、おめでとうございます」

「若親分、有り難う。次はそなたらの番だぞ」

「春菜様はどんなことをしても江戸の祝言に出ると申されておられました。是非お二人でお出で下さいまし。養父も養母も喜びます」

「そう致したいものです」

政次は初対面の町奉行篠崎与兵衛《しのざきよへえ》に会釈を送った。

與兵衛は田崎九郎太《くろうた》とほぼ同じ年齢だった。

「江戸で名高い金座裏の親分の後継ご一行がわれらの味方に加わったとは心強い」

「こちらこそ宜《よろ》しくお引き回し下さい」

と初対面の挨拶が交わされ、秩父屋も気を使って茶菓を出すと六人だけにした。

「政次さん、此度の三丁屋本店の乗っ取り、前もって罠《わな》が仕掛けられた話ではないかという噂が城中でも飛んでおりますので」

父の跡を継いで御目付に就任した静谷理一郎が口火を切った。

「すってんてんにやられたようですね」

「三丁屋本店の他、平左衛門《へいざえもん》の叔父《おじ》の伝兵衛《でんべえ》が主《あるじ》の三丁仙波店、番頭を長年務めて先代に暖簾《のれん》分けを許された菊蔵《きくぞう》の三丁寺前店の権利と蔵屋敷ごとそっくり取られたようです。それでも賭《か》け将棋の負け分には不足だったとか。娘も吉原に売れと寅市《とらいち》に脅されているようです」

秩父屋の番頭から聞き知っていたが、政次は頷《うなず》いた。

「七番勝負は代打ち同士が戦ったと聞いておりますが」

「さすがに金座裏の若親分だ」

と笑った町奉行の篠崎與兵衛が、

「四日三晩の戦いだったそうです。一局目は双方賭け金二百両から始まった。一局二局と平左衛門側の龍源寺《りゅうげんじ》五撰《せん》名人が勝ちを得た。そこで平左衛門は賭け金を二倍に増やした。三局目は落合の寅市側の、上方の将棋指し川辺《かわべ》参五郎《さんごろう》が反撃に出て制した。四局目は再び龍源寺名人が勝ち、あと一局勝ちを得れば、七番の大勝負を握ることになる。そこで賭け金が八百両になり、両者が熱くなった。ところが五局、六局と龍源寺名人が思わぬ見落としで失い、三勝三敗の五分になった。ここで寅市が賭け金を三千両に増やすことを提案し、平左衛門も起死回生の一発勝負を策して、不足分の金子《きんす》に権利書などを差し出したというのが七番勝負の真相のようです」

「勝負が終わって三丁屋本店の蔵が調べられ、蔵荷も少なく、店の売掛金も思ったより少ないというので、娘を吉原に売れと脅されているそうだ」

と町奉行の篠崎の言葉を九郎太が補足した。

「それほど賭け将棋が面白いかねえ」

「そういえばしほちゃんのお父っつあんも賭け碁の代打ちをやって命を落としたな」

と亮吉の言葉に彦四郎が応じた。

「しほどのの父上はわが藩士の村上田之助と申す納戸役でしたね」

と理一郎も言う。

「若親分、この三丁屋の乗っ取りな、藩にも絡んでくるのだ」

と九郎太が言い出した。

「どういうことでございますか、田崎様」

「わが殿は先代の朝矩《とものり》様が明和四年（一七六七）に前橋から転封なされて、川越藩松平家初代藩主となられたな。その折、前橋から家臣一同が引き移る蓄えとてなく、川越の船問屋など有力な商人に借財を申し込まれてようやく川越移転がなった経緯がある。その折、先々代の三丁屋の主の幸右衛門《こうえもん》に世話になった。七百両の用立ての代わりに三丁屋の楯田《たてだ》家の町年寄格、藩御用達を命じられ、知行地三十石、地廻り帯刀御免を許された。楯田幸右衛門も朝矩様も亡くなられた今、三丁屋本店の蔵からこの古証文が出て参り、落合の寅市が藩庁にこのようなものが手に入りました。三丁屋本店の商いすべてをうちが引き継ぐことになりましたが、これまでどおり町年寄格、地廻り帯刀御免を引き継いでもかまいませぬなと問い合わせて参ったのだ」

「やくざが町年寄格とは、さぞ藩もお困りでしょう」

「政次、お困りどころではないぞ」

九郎太が神谷道場の兄弟子の口調に戻り、言った。

町奉行の篠崎與兵衛らが直《す》ぐに賭け将棋で乗っ取られた三丁屋本店に立ち入れなかったのは、この一件があるからだと政次らは得心した。

「親藩松平家ではやくざ者に町年寄格、藩御用達を命じ、知行地と帯刀御免を許されているかと幕府大目付に目を付けられぬともかぎらぬ。とは申せ、三十数年前の古証文をたてに借財七百両を支払えと言われても、藩にそのような余裕はないでな、ほとほと困っておる」

と篠崎與兵衛も九郎太に口を揃《そろ》え、

「そんな折に政次、いや、若親分が川越に飛び込んできたというわけだ」

と再び九郎太が言い足した。

「松坂屋の手代卯助がすでに平左衛門らが追われた三丁屋本店を訪ねていったかどうか、九日前の夕刻前、それらしき人物が閉じられた大戸にびっくりして立ち竦《すく》んでいたのを見た者はいる。それが卯助かどうか分からぬが、それから半刻（一時間）ほどして平左衛門がふらふらと通用口を潜《くぐ》ったところは確かめられておる」

「卯助さんと思える人物と平左衛門が店を訪ねたのは同じ日なのですね」

「それは同じ日の夕刻とみてよいようだ。刻限も半刻とは差があるまい」

政次が腕を組んで思案した。

「政次、なんとか松坂屋の掛取りのほうから三丁屋本店のただ今の主、落合の寅市を突き崩してくれぬか。あやつめ、なかなかしぶといでな」

と九郎太の顔が険しくなった。

「つい先ほど、新河岸で寅市親分とは会いました」

と政次が落合の寅市に会った経緯を告げた。

「そうか、そなたが川越に来ておることを奴はすでに承知か」

「卯助さんが生きておるかどうかも気になります。早速私どもも動きます」

「助かった」

と町奉行の篠崎與兵衛が正直にも感想を漏らし、九郎太が、
ぽんぽん
と手を叩《たた》いて、

「膳を持て」

と階下の帳場に叫んだ。

二

川越藩の田崎九郎太らが秩父屋を去ったのは五つ半（午後九時）の頃合だった。川越夜船で到着したばかりの彦四郎は必死で空あくびを堪《こら》えていたが、どうにも我慢できなくて、

はあぁっ

とやってしまい、

「人前で失礼ではないか、彦四郎。金座裏の連中は礼儀も弁《わきま》えないかと思われるぞ」

と亮吉に注意を受けた。

「おまえにそんな言葉を言われたくないが、どうにも我慢がならないんだ。川船とはいえ三十里だ、江戸でよ、猪牙でちょこちょこいくのとはだいぶ違うな」

「この季節、川越夜船で寝るのは寒いでな、寝不足は致し方ない。われらの用事も済んだ。明日から早々に動く仕度もある。これで失礼致そう」

と田崎九郎太が気を利かして腰を上げたのだ。

彦四郎を寝かせた政次が亮吉に、

「ちょいと夜の散歩に出ようか」

と誘いかけた。

「合点承知の助だ。どこへいく」

「平左衛門がどうしているか見にいこう」

二人は菊蔵に願って秩父屋の裏口から路地に出ると、平左衛門一家が世話になる日進寺に向かった。

秋が深まり、夜の川越城下にうすら寒い風が吹いていた。

日進寺の山門を潜り、離れ屋に向かおうとする亮吉の腕を政次が握り、足を止めさせた。

「どうした」

政次が本堂前の人影を顎《あご》で指して教えた。

遠くから差し込む常夜灯の明かりに浮かぶ影は二つ、女と男が深刻にも額を寄せ合って話し込んでいた。

政次らはそっと二人の傍《そば》に歩み寄った。びくりと体を震わせた男が政次らを見て、
ああっ
と驚きの声を上げた。

女が男の腕に縋《すが》った。

「怖がらせたようですね。私どもは江戸の御用聞き、金座裏の政次と亮吉でございますよ」

と松坂屋奉公で叩き込まれた丁寧な口調で政次が言い、聞いた。

「姉のおけいさんか、妹のおまきさん、どちらですか」

しばらく沈黙の後、おけい、との返事が女の口から洩《も》れた。

政次がさらに若い男に聞いた。

「おまえさんはどなたです」

「三丁屋本店に奉公していた手代の武吉《ぶきち》です」

「武吉さんか。此度はとんだ災難でございましたねえ」

政次の言葉に頷いた武吉が、

「江戸から御用聞きの若親分が川越に来られたには、なにか理由《わけ》がございますので。三丁屋が再建できる話ですか」

と急《せ》き込むように聞いた。

「残念だがそっちの話ではない」

政次の返答に二人の男女が肩を落とした。

「武吉さん、やっぱりお店が私らの手に戻ることはないわ。お父っつあんがあれだもの」

「おけいさん、平左衛門さんだが、どうしていなさるね」

と政次が聞く。

「お嬢様は、旦那様が夕暮れ前から姿を見せないと心配して私を呼ばれたのです」

と武吉がおけいに代わり答えた。

「だれかに呼び出されたのかねえ」

亮吉が聞く。

「着流しの男と一緒にお父っつあんが連れ立って石段を下りる姿を寺の小僧さんが見たそうです」

「落合の寅市の子分かねえ、おけいさん」

おけいが驚きの様子で頷いた。

「よし、そっちは任せねえ」

亮吉が請け合い、政次が、

「おけいさん、江戸から松坂屋の手代さんが掛取りに来たはずなんだが、顔を会わせていませんか」

と聞くと、おけいが顔を横に振った。

「でも、松坂屋さんから何度も付け払いの催促がきていたのは知っております」

と答えると武吉も一緒に頷いた。

「小川村から九日も前に卯助さんが三丁屋本店を訪ねている。付けの半金を払うとの約束が江戸に届いたからですよ」

「旦那様は七番勝負に夢中の上に、うちにはとてもとても松坂屋さんに支払う金子一文だってありはしませんでしたよ」

と腹立たしそうに武吉が言い、おけいに、すみませんと詫《わ》びた。

「悪いのはみんなお父っつあんよ。代々のお店を失い、奉公人を追い出され、家にも住めなくなった。その上、娘の私らまで吉原に売ると約定を寅市親分としていたのよ」

「それだ」

と亮吉が叫び、

「おけいさん、七番勝負に負けた当初、そんな話が持ち上がったそうだが、いまはどうなっているんだえ」

「おっ母さんが包丁を持ち出して、おまえさん死んでおくれ、一家で心中をしようと大騒ぎがあったんです。そこでお父っつあんが寅市親分に掛け合い、それだけは勘弁してもらったそうです」

「あの男が勘弁だって、そんなタマじゃねえがねえ」

と亮吉が首を捻り、おけいが不安そうに体を捩《よ》じらせた。

「武吉さん、おまえさんは松坂屋の田舎方が節季でもないのに掛取りにくるのを承知していましたか」

政次が代わった。

「江戸のことは旦那様自らやっておられました」

と答えた武吉が、

「飯能の寅市親分がお店に出入りするようになって半年余り、三丁屋本店の商いは俄《にわ》かに傾き、とてもまともな商売が出来る状態ではございませんでした。いくら集金しようとその夜のうちにどこかへ消えていくんです」

とぼやいた。

「賭け将棋だね」

「はい」

「最後は七番の大勝負ですか」

武吉とおけいが首をがくがくと振り、答えた。

「平左衛門さんは龍源寺五撰という将棋名人の力を信じて、一気にそれまでの負けを取り戻そうとしたのでしょうか」

「あの男、ほんとうの将棋名人なんでしょうか。旦那にうまく取り入った詐欺師ではございませんか」

「武吉さん、どうしてそのようなことを仰《おっしゃ》いますな」

政次が聞いた。

「六、七ヶ月前のことです。私は前橋宿に御用でいかされました。そのとき、町の辻で将棋指しが客を集めて詰め将棋をしていたんです」

「それが龍源寺と仰るので」

「はい。そして、客を装っていたさくらの一人が七番勝負の代打ちをした川辺参五郎とよく似ておりました」

「龍源寺と川辺は仲間と仰いますので」

「武吉さんがそのことに早く気付いていれば、うちもこんな惨めなことにはならなかったわ」

と政次の問いにおけいが答え、

「お嬢様、川辺参五郎を私が見かけたのは七番勝負が終わったあとですよ。もうすべて決着がついておりました」

と武吉が言い訳した。

「若親分、三晩四日にわたる七番勝負は三丁屋の別宅で行われ、お店のだれも近付くことは出来ませんでした」

「三丁屋は別宅をお持ちでしたか」

「伊佐沼からの流れの淵《ふち》、新河岸の少し上流の岸辺に別宅がございました。春は桜、秋は紅葉と見事なお庭がありましたが、それももう他人のものです」

とおけいが悲しげに呟いた。

「別宅も落合の寅市が抑えたのですね」

おけいと武吉が同時に頷いた。

「武吉さん、ちょいと力を貸してくれませんか」

政次の言葉に武吉が、

「なにをすればよいのです」

「三丁屋がいんちきな賭け将棋で騙《だま》し取られたかどうか、知りたいとは思いませんか」

「もし騙しとられたと分かれば、旦那様の手に三丁屋が戻ると仰いますので」

「平左衛門さんの手に戻ったところで、またたれぞに騙し取られましょうな」

政次の言葉におけいが溜息《ためいき》を吐いた。

「もはや平左衛門さんは商人の気構えを失っておられる。ここで安請け合いも出来ませんがね、事の次第ではおけいさん方が細々と暮らすくらいのお店の権利を落合の寅市から取り戻せるかもしれません」

「若親分、なにを致せばよろしいので」

武吉が張り切った。

「まず三丁屋の別宅へ案内してくれませんか」

「簡単なことです」

武吉がおけいと頷き合い、

「お嬢様を離れまで送ってきます」

というと手と手を取り合った二人が政次らの前から姿を消した。

三人の若者が川越城下の辻を駆け抜けた。

「武吉さん、おけいさんと夫婦の約束をしているのかえ」

と走りながら亮吉が聞いた。

「三丁屋本店の商いが順調なときは思いもよらないことでした。おけいさんはお嬢さん、私は奉公人です。旦那様に知られれば直ぐに首が飛んでいたでしょう。ですが、旦那様は賭け将棋三昧《ざんまい》、家族がそのことを悩み、奉公人が心配していることなどどこ吹く風でのめり込んでおられました。おけいさんは旦那様の道楽を案じて私に相談なされていたんです。でも、手代ではどうにもなりません」

「三丁屋本店はいまや乗っ取られ、寅市の手に落ちた。おけいさんはもはや三丁屋のお嬢様じゃねえぜ、それでもおまえさんは好きかえ」

亮吉の問いは遠慮がない。

「三丁屋本店が人手に渡ってただ一つ幸せなことがございました。おけいさんと一緒になれるかもしれないという望みが出てきたことです」

武吉は正直だった。

「他の奉公人や分家の方々はどうしていなさる」

「旦那様に見切りを、いや、川越に見切りを付けられ城下を離れる算段をなさっておられます」

「家族の味方はおまえさんだけか」

「味方というには頼りございません」

武吉が嘆き、亮吉が、

「おけいさん、おまきさんの姉妹が吉原に売られるかもしれないと聞いたときはびっくりしたろう」

と話を進めた。

「びっくりどころではありません。旦那様の所業に呆《あき》れ果て、怒りの気持ちも起こりませんでした」

川越を承知しているはずの政次もどこをどう走っているのか、見当も付かなかった。

まして川越が初めての亮吉は武吉に肩を並べてひたすら従っていた。

「おけいさんも私に吉原に売られるくらいなら、新河岸川に飛び込んで死ぬと何度も申されましたよ」

「吉原の身売り話が消えたのはどうしてだと思いなさる、武吉さん」

政次が代わった。

武吉の足が緩やかになった。

暗闇《くらやみ》から水音が響いてきた。

「若親分、松坂屋の手代さんの行方知れずと関《かか》わりがあると申されますので」

武吉はなかなか勘がよかった。

「どうしてそう考えなされた」

「松坂屋の掛取りならば、懐に大金をお持ちです」

さすがに三丁屋本店の手代を務めていた武吉だ、そのことを指摘した。

「それにこの数年、旦那様はすっかり変わられました。蔵の金子、店の売上げ、内所の金の区別がつかず、金目のものは手当たり次第でした。最近では他人様《ひとさま》の金子も自分のものも区別がつかぬくらい分別をなくされていました。だからこそ実の娘を賭け将棋の駒札に差出し、負ければ吉原に売る約定などなされたのです」

と武吉が答え、
ぴたり
と足を止めた。

「こんなこと、おけいさんの前では言えません」

月明かりに伊佐沼からの流れが青く光り、左手に新河岸の町並みが望め、正面にこんもりとした森が見えた。

「あれが三丁屋本店の別宅でした」

武吉の声は乾いていた。

「松坂屋の掛取り卯助さんは懐の金子を奪うことを目的に川越に呼ばれたと、武吉さんは考えておられますか」

「若親分、平左衛門様は痩《や》せても枯れても私の旦那でございました。その問いには答えられません」

「酷な問いをしましたね、武吉さん」

政次の言葉に武吉が顔を横に振り、答えた。

「この数ヶ月の三丁屋本店では松坂屋だろうとどこだろうと、掛取りに払う一分《ぶ》の金すらままになりませんでした。それだけははっきりと言えます」

武吉は言外に平左衛門がなにかの狙《ねら》いがあって松坂屋の掛取りを川越に呼んだと告げていた。

「行こうか」

政次が行動を宣した。

三人は最後の数丁を黙々と歩き、元三丁屋本店の長屋門の前に到着した。扉は閉じられていた。

「こちらへ」

武吉が二人を門前から石垣の上に土手を盛った塀をぐるりと回って新河岸川への川

辺に出た。

下流は新河岸で、対岸が牛子河岸だ。新河岸は上と下に分かれ、寺尾河岸、扇河岸を加えて川越五河岸と呼ばれ、威勢を誇った。

新河岸上流に設けられた三丁屋の別宅は流れに面して、船が着けられるようになっていた。

武吉は船着場の脇の潜り門の脇に人が潜れる穴があることを政次らに教え、

「ちょっと待って下さい」

というと姿を没しさせた。

「若親分、平左衛門の賭け将棋を家族も奉公人のだれ一人として止められなかったが、一人だけ忠義者がいたようだな」

「それが救いだ」

潜り門が、
ぎいっ
と開き、二人が別宅の敷地に飛び込むと、酒でも飲んで騒いでいるような喚《わめ》き声が聞こえてきた。

「武吉さん、ここでお待ちなさい」

と政次が止めた。

「若親分方は別宅をご存じない、私もなにか手伝いとうございます」

武吉の答えははっきりとしていた。

「若親分、こうなれば一蓮托生《いちれんたくしょう》、三人一緒だ」

と亮吉が言い、

「この後、私の命《めい》に従ってもらうと約束してくれますか」

「さすれば連れていって貰いますか」

「そうします」

「約束致します」

ときっぱり武吉が答えて、

「案内を頼もう」

と政次が決断した。

三丁屋本店の別宅は坂戸の脇本陣を移築したものだという。庭に面して広縁があり、新座敷、上段の間、中の間と三つ座敷が繋《つな》がっていた。

その新座敷で丁半賭博《とばく》が行われていた。三十人近くの落合の寅市一家の者と用心棒、それに流れ者の将棋指しなどが博打《ばくち》に耽《ふけ》ったり、酒を飲んだりしていた。

「やっぱり」

と武吉が漏らした。

「壺《つぼ》を振っているのが川辺参五郎、銭函《ぜにばこ》の傍らに落合の寅市と並んで酒を飲んでいるのが龍源寺五撰ですよ。二人の代打ちは仲間でした」

「三丁屋の旦那は罠に嵌《は》められたんだ」

と亮吉が呟き、政次を見た。

「武吉さん、御徒《おかち》組頭の田崎九郎太様の屋敷を承知ですか」

「川越は小さな城下です。むろん知っております」

「ならば夜道を走って、このことを田崎様に伝えて下さい。私どもは藩の助勢を待って踏み込みます」

武吉の返答には一瞬の間があったが、

「承知しました」

「ついでにさ、秩父屋に立ち寄って仲間の彦四郎を叩き起こして連れてきてくんな、武吉さんよ」

と亮吉が付け加え、頷いた武吉が庭から姿を消した。

# 三

武吉は川越の町を走っていた。

ただひたすら夜の闇を走った。それが彼の心意気を示していた。おけいのために走っていた。

「田崎様方が来られるまでただ見張っているだけか、若親分」

元三丁屋本店の別宅の母屋が見える庭で亮吉が政次を唆《そそのか》すように言った。

「暇つぶしに別宅の中を見物しろと亮吉はいうのか」

と答えた政次は動き出していた。

「そうこなくっちゃ」

母屋から離れて蔵が何棟か梅と竹林に囲まれてあった。

三丁屋本店の商いが盛んだった頃、本店の蔵に入れきれない味噌油の樽《たる》を一時的に所蔵していた味噌蔵、油蔵、それに別宅の置物蔵や漬物蔵だった。

置物蔵から明かりが梅林へと零《こぼ》れていた。

「若親分、見張りがいるぜ」

亮吉が囁《ささや》いた。

蔵の前に若い衆二人が寒さを堪えるためか、足踏みしながら立っていた。

梅林と蔵までには小さな空き地が広がっていた。

「蔵の前からこちらに誘《おび》き寄せたいな」

「任せておきなって」

独楽鼠《こまねずみ》の亮吉が梅林を這《は》いずって闇に没した。

政次が背のなえしを抜き、柄《つか》に巻いた平紐《ひらひも》を解くと一方の端を手首に巻いた。

そのとき、梅林に酔っ払いの歌声が低く聞こえた。亮吉がふらりふらりと体を揺らしながら蔵へと歩いている。

見張りが、

「才蔵《さいぞう》の馬鹿が、酔っているぜ」

「こちとらは寒さの中、見張りを務めているというのによ」

仲間と間違えた二人の見張りが言い合いながら思わず蔵の軒下から離れ、酔っ払いの真似をする亮吉に歩み寄った。

「兄い、才蔵じゃあねえ」

蔵の中の明かりで亮吉を認めた見張りの一人が驚きの声を漏らした。

「おめえはだれだ」

と兄いが問いかけた。
その瞬間、夜気を裂いて銀のなえしが飛来し、一尺七寸余の銀のなえしの八角の先端が、
がつん
と兄いの額を打ち倒した。
手首にかけられた紐が引き戻されて、梅林から出ていた政次の手に戻った。
残る見張りが、
「あわあわ」
となにかを言いかけ、蔵の方に走り戻ろうとした。その背を再びなえしが襲い、首筋に絡みつくと、
きゅっ
と締め上げた。硬直したように体を竦ませた見張りが、
どさり
と後ろ向きに背から倒れた。
亮吉が兄いの体に飛び付き、梅林の中に引きずり込んだ。もう一人も政次が梅林に隠し、腰の長脇差を抜いて梅の枝の間に隠した。

「なにがあった」

蔵の中から浪人者が姿を見せ、

「見張りはどこに参ったな」

と呂律《ろれつ》の回らない舌で呟いた。蔵の中で酒を飲んでいたらしい。

「見張りがおらんでは役目にならんではないか」

独り言を呟きながらふらふらと梅林に酔った浪人者が着崩れた羽織の前を開いて小便を長々と始めた。その前に亮吉が姿を見せた。

「おまえは何者だ」

闇を透かして誰何《すいか》する浪人者の背後で人の気配がした。

うーむ
と振り向こうとした浪人の後頭部を銀のなえしが打ち据え、浪人者は立小便をしながら前のめりに倒れ込んだ。

「てめえの小便で面を洗い、酔いを醒《さ》ましやがれ」

と亮吉が吐き捨てた。

物置蔵には別宅で飾らなくなった雛《ひな》人形や什器《じゅうき》や屏風《びょうぶ》などが乱雑に積まれていた。

その真ん中には大きな丸柱が立って、その幹元に二人の男が蓑虫《みのむし》のように手足を縛られて転がされていた。

一間ばかり離れた壁際に大火鉢が置かれ、鉄瓶がしゅんしゅんと音を立てて沸いている。

火の番をするように大男の浪人が大刀を膝《ひざ》の前に抱えて、茶碗《ちゃわん》酒を舐《な》めるように飲んでいた。

「寅市親分を呼んでくれ、約束が違う」

蓑虫の一人が浪人に弱弱しい声で呼びかけた。だが、最前から何度も繰り返されているらしく、浪人も相手にしなかった。

「落合の寅市め、ようも三丁屋の平左衛門を騙したな」

「煩《うるさ》い、どうせ、おまえらは明け方には始末される身だ」

と浪人が喚き、茶碗に残った酒を飲み干した。

「平左衛門さん、愚かなことをなされたな」

ぐったりとしていた、もう一人の蓑虫がか細い声で言った。

松坂屋の手代卯助が喉《のど》の奥から必死で搾り出した声だ。

「払えもしないくせに江戸から掛取りを呼んで懐の金子を狙おうなんて、三丁屋の旦那、商人にあるまじき所業ですよ」

「このこと掛取りなんぞにきたおまえが馬鹿なんだ」

「まさか藩の御用達、名字帯刀を許された老舗の主がそのようなことを企《たくら》んでおられるとは、呆れてものがいえません。旦那、恨みに思いますよ」

苦しい息の下で卯助は言いたいことだけは言おうと決心したか、口を閉じなかった。

「うだうだとなにが言いたい」

「私に用心が欠けていたとしたら、三丁屋がやくざ者に乗っ取られたとも知らずお店に飛び込んで、平左衛門さん、あなたに面会を願ったことですよ」

「おまえが懐にしていた金子で、娘二人が吉原に売られるところが助かったんだ、有難く思え」

「私は覚悟をしました。ですが、おまえ様と一緒に三途《さんず》の川を渡るのかと思うとそれだけが残念でなりませんよ」

貧乏徳利から茶碗に新たな酒を注いだ浪人の用心棒が、

「黙れ、耳障りじゃあ」

と叫ぶと茶碗の酒を転がされた二人にぶち撒《ま》いた。

酒の飛沫《しぶき》が平左衛門の顔にかかり、平左衛門が舌を伸ばしてぺろぺろと舐めた。

用心棒の浪人がふと視線を入口に向けた。

「卯助さん、よう辛抱なされましたな」

政次がそう言いながら蔵の中に入ってきた。そして、そのあとから独楽鼠の亮吉がするりと従って傍らに立った。その手には見張りから奪った長脇差の抜き身があった。

「おのれはだれだ」

「江戸は千代田の御城、常盤《ときわ》橋前の金座を守護する金流しの十手一家の政次若親分と一の子分の亮吉様だ。おとなしくお縄を受けるか」

「しゃらくせえ」

片手の茶碗を投げ捨てた浪人が膝の間に立てていた大刀を摑《つか》んで立ち上がろうとした。

その瞬間、銀のなえしを手にした政次が疾風のように動いて踏み込んだ。

赤坂田町の直心影流神谷丈右衛門《かみやじょうえもん》道場の朝稽古《げいこ》で鍛えてきた政次が自らの意思で攻撃に転じたのだ。相手は刀の柄に手を掛ける間もなく八角のなえしに額を打たれて、その場に、

ずってんどう

と転がった。

亮吉が卯助に飛び付き、抜き身の先で縄をばらばらに切った。

ざんばら髪の卯助の顔は折檻《せっかん》を受けたか、紫色の痣《あざ》と切り傷で膨れ上がり、見るも無残だった。

「卯助さん」

政次が傍らに膝を突いた。

「おや、政次さんだ」

「松六《しょうろく》様の命で卯助さんの掛取りの後を追い、川越に辿り着いたんですよ。もう大丈夫です、気をしっかり持って下さいよ」

ふうーっ
と卯助が安堵《あんど》の息を漏らした。

「亮吉、どこかに水はないか」

政次の命に亮吉が蔵の中をきょろきょろ見回し、柄杓《ひしゃく》の入った水桶《みずおけ》を見つけて柄杓に水を汲《く》んできた。

「卯助さん、いまはよ、口を濡《ぬ》らす程度で我慢するんだ。直ぐにお医師の下へ連れていくからな」

頷いた卯助は政次に背を抱えられながら亮吉の手の柄杓からゆっくりと水を口に流し込まれた。

「私にも水をくれ、縄を解いてくれ」

平左衛門が呻《うめ》くように言った。

「おまえはもちっとそのままでいな。川越藩の町奉行やら目付やら御番衆やらが押し出してくらあ」

えっ！

と平左衛門が驚きの声を上げた。

そのとき、蔵の入口に人の気配がした。

武吉と田崎九郎太だ。

「おおっ、松坂屋の手代は生きておったか」

九郎太が叫び、

「田崎様、三丁屋の旦那も転がってますぜ」

と亮吉が顎で床に転がる蓑虫を指した。

「田崎様、よかった。縄を切って下され」

「三丁屋平左衛門、藩から御用商人の鑑札まで許された者が賭け将棋にうつつを抜かし、家財から商売まで潰《つぶ》し、家族奉公人を路頭に迷わすとは何事か、愚か者が。とくと頭を冷やせ！」

と大喝され、愕然《がくぜん》として両目を閉じた。

「田崎様、人手は揃いましたか」

「まずそれがしが御徒組を率いて別宅の周囲を固めたところだ。もう直ぐ町奉行篠崎與兵衛どのらが手勢を率いて到着されよう」

「ならば田崎様、卯助さんをお医師の下へ連れていきたいのですが、お手を拝借できますか」

「別宅の船着場に藩の御用船を回してあるで、新河岸の辰巳《たつみ》外科医の下へ運び込もう」

「私が案内します」

と武吉が名乗りを上げた。

亮吉が蔵の外から戸板を探してきて政次、亮吉、武吉、それに田崎の四人で卯助を物置蔵から裏口の船着場に運び出した。

「若親分、おれも卯助さんに従うぜ」

「亮吉、頼む」

と政次が言い、船に乗せられた卯助に亮吉と武吉の二人が従い、船着場を船が離れた。

「さて、あとはごみ退治だな」

船を送り出した田崎九郎太と政次の神谷門下の兄弟弟子が再び裏門から三丁屋本店の別邸に戻った。

二人が母屋の見える庭に到着したとき、川越藩の町奉行篠崎與兵衛、御目付静谷理一郎らに率いられた配下の者たちが捕り物仕度で別宅の内外を囲んだところだった。

「政次どの、まさかかような急展開を見せるとは夢にも思わなかったぞ。さすがに金座裏の探索は違うな」

篠崎が張り切っていった。

「篠崎様、三丁屋の平左衛門も蔵に転がしてございますよ」

「そうか、ご苦労であった」

篠崎が配下の者に平左衛門を引き立ててこいと命じた。

母屋の新座敷では相変わらず丁半博打が行われて、別宅の内外でなにが起ころうとしているか、無警戒であった。

「飯能の田舎やくざめ、川越藩を甘く見おったわ。いまに思い知らせてくれん」

と篠崎與兵衛が人員の配置を確かめた。そこへ平左衛門が引き立てられてきた。

「篠崎様、お縄を解いて下され」

「平左衛門、此度の一件厳しい吟味があるものと思え。そのとき、愚かな所業を後悔しても遅いわ」

と町奉行の篠崎にも突き放されて、平左衛門が再びがっくりと肩を落とした。

「さて、そろそろごみ退治を致そうか」

田崎九郎太が言いかけたとき、平左衛門が、

「落合の、城の連中が取り囲んでおるぞ！」

と大声で叫んだ。

新座敷の賭場《とば》が俄かに騒然となった。

縁側に悠然と姿を見せたのは落合の寅市だ。闇を透かしていた寅市が、

「お城の方々がなんの用事ですかえ」

「寅市、味噌油問屋乗っ取りの一件、すでに事の真相は明白じゃあ」

と篠崎與兵衛が叫んだ。

「三丁屋一族の店屋敷は平左衛門から正式に譲り受けたんですぜ。証文もございますよ」

「当藩では領内の賭け事は一切禁じておる。その方《ほう》ら、多額の賭け金をかけた七番勝負を行いしこと明らかである。またその賭け将棋の平左衛門の代打ち、龍源寺五撰と

その方の代打ち川辺参五郎は仲間であるな」

　その言葉に平左衛門が、

「えっ、寅市親分、ほんとうか」

　と驚愕の様子で聞いた。

「三丁屋、そなた、座敷に龍源寺五撰と川辺参五郎が同席しておることが見えぬか。そなたは落合の寅市に嵌められたのじゃあ」

　と篠崎が答えると平左衛門が取られていた縄を振り切って、

「おのれ、騙したか！」

　と喚いて縁側に走り寄った。

　するり
　と寅市の傍らから飛び降りた用心棒剣客が抜き打ちに平左衛門を袈裟懸《けさが》けに斬り倒した。

　ああうっ
　平左衛門が後ろ手に縛られたまままきりきり舞いして倒れた。

「よし、吉崎《よしざき》先生、囲みを破っていったん川越から逃げ出しますぜ」

　と寅市が叫び、平左衛門を斬り捨てた用心棒剣客の吉崎某が大刀を振り被《かぶ》った。

その瞬間、政次の手にあった銀のなえしが唸《うな》りを上げて吉崎某に向かって虚空を飛んだ。

吉崎も修羅場に馴れた剣客、剣でなえしを叩き落とそうとした。一尺七寸、八角と刃が、

ちゃりん

と音を立てて絡んだが、吉崎は玉鋼《たまはがね》に銀を吹いたなえしの重さを知らなかった。なえしが吉崎某の首筋に絡みつき、政次の一捻りで手前に、

とっとっと

とよろめいてきた。

手首の紐が緩められ、引き寄せられるとなえしが鮮やかにも政次の手に戻り、体勢を立て直そうとする吉崎の額を、

がつん

と割った。

「そおれ、政次若親分に負けるでない!」

兄弟子の田崎九郎太が叱咤《しった》激励すると捕り物仕度の、静谷理一郎ら川越藩の若手の面々が新座敷に飛び込んでいき、容赦なくも次々に打ち据え、縄を掛けていった。

四半刻後、大捕り物はすっかり落着していた。

落合の寅市を始め、一家の手下、雇われの用心棒剣客ら三十数人が縄を掛けられ、庭に引き据えられていた。

「若親分、そなたのせいで迅速果敢な捕り物が相なった。礼を申すぞ」

と町奉行の篠崎與兵衛が腰を折り、

「それにしても寅市側の剣客をなえしで仕留めた早業、驚きいった次第かな」

「篠崎氏、政次の兄弟子がだれか承知か」

と九郎太が胸を張った。

「そなたが神谷丈右衛門先生の古き門弟であることは承知しておる。だが、ただ今のそなたが政次若親分に太刀打ち出来るとはだれも思わぬわ。その太鼓腹ではな」

うーむ
と唸って出張った腹を見た九郎太が、

「これを機会にちと体を動かすか」

「田崎様、もはや手遅れかと存じます」

捕り物に一汗掻いた御目付静谷理一郎にも言われて、

「そうか手遅れか」

と肩を落とした。

その視線の先には骸《むくろ》になって悲しげにも地面に横たわる三丁屋平左衛門がいた。

# 四

金座裏では手先たちが町廻りに出て、宗五郎とおみつが折から訪ねてきた豊島屋の清蔵を相手に茶を飲んでいた。

昼前の光が縁側に差し込み、色付いた紅葉の盆栽を静かに照らしていた。その傍らでは老猫が背を丸めて転寝《うたたね》をしていた。

もはや江戸は冬の季節を迎えていた。

「しほちゃんも若親分たちも戻ってきませんな」

清蔵が先ほどから二度目の台詞《せりふ》を吐いた。

「帰ってくるときは帰ってきますって、清蔵さん」

「川越で此度の祝言は駄目なんぞと注文をつけているんじゃないかねえ」

「そんな馬鹿な」

宗五郎が笑って煙管に刻みを詰めた。

「ならば親分、松坂屋の手代卯助さんの探索に時間がかかり、まだ川越に政次さん方が到着してないとか」

「そうとも思えないがね」

「ならば親分、どうして帰りが遅いんですよ。どうもさ、あやつら四人がいないと鎌倉河岸が寂しぃよ」

清蔵の正直な感想におみつが笑った。

「帰ってくるときには帰ってきますって」

と宗五郎が煙草の種火で煙管に火を点《つ》けた。

玄関に人の気配がした。

おみつが立ち上がろうとすると、ぽんぽんと履物を脱ぎ散らす気配があって居間に松坂屋の隠居の松六が慌ただしく入ってきた。

「おや、清蔵さんもおられたか」

「四人の帰りが遅いのでね、様子を聞きに来たんですよ」

松六が突然態度を改めた。ゆったりとした挙動に変わり、

「清蔵さん、心配ですか」

と聞いた。

「心配はしませんが、いる者がいないと寂しいですよ」

と清蔵が答え、宗五郎がにこやかに、

「便りがあったようですね、隠居」

と聞くと、にっこりと笑みで返した松六が懐から文を取り出した。

「来ましたよ、川越の若親分から早飛脚《はやびきゃく》がさ」

松六の弾んだ息におみつが茶を淹《い》れ、

「ご隠居、まずはお座り下さいな」

というと松六が、
ぺたり
と座布団の上に尻を落とした。

「その様子だと、卯助さんは見つかったようですね、隠居」

「卯助は生きておりました」

と答える松六の目が潤んでいた。

「なによりのことだ」

宗五郎が穏やかに応じ、清蔵が、

「隠居、どう元気なんですよ」

と苛立《いらだ》つように聞いた。

茶を喫した松六が、

「文を読みますか」

「まだ隠居の息が弾んでますよ。手紙はあとでとっくり読ませてもらうとして、掻い摘《つま》んだ話をして下さい」

宗五郎が願い、さらに喉を茶で潤した松六が、政次たちの手で卯助が発見され、助け出された経緯を語った。

「なんとまあ、川越の御用達商人が賭け将棋に入れ揚げてそんな始末をねえ」

「卯助は土地の医師の下で治療を受けておるそうです。命に別状はございませんが、殴られたり蹴《け》られたりして脇腹と頬骨《ほおぼね》が折れ、顔もだいぶ怪我《けが》をしておるとのことです。動かせるようになるにはもう数日かかるとか、それから船で花川戸に連れ戻るそうですよ」

「手代さん、大変な目に遭ったねえ」

「長年の得意先の商いが苦しくなり、ときに節季の払いが遅れることはありますがねえ、こんな話は初めてですよ」

と憮然《ぶぜん》と松六が言ったものだ。

「呆れた主ですね、商人の風上にもおけません」

と清蔵も応じると松六が、

「政次若親分に出張ってもらって助かりました。掛取りの金子もさることながら、手代の命には代えられません」

「いかにもさようです」

と清蔵が話の先を促すように松六を見た。

「まあ、文には悪い話ばかりが書いてあったんじゃありません」

「ほう、なんぞいい話がありましたかえ」

「親分、まずさ、川越藩が三丁屋本店の先々代から融通を受けた折の証文が落合の寅市親分の手から回収されたそうな。これが外に出回ると松平の殿様が恥を掻くことになりますよ」

「全くだ。そんな危ないものは直ぐに処分することった」

宗五郎がのんびりと煙管を吹かしながら相槌《あいづち》を打った。

「しほちゃんの伯母の佐々木秋代様のご亭主利瑛様は勘定奉行だそうですな、事のほかこの一件に佐々木様が安堵なされたとか」

「いかにもさようでございましょうよ」

松六が茶で喉を潤した。

「賭け将棋の煽《あお》りをくらった三丁屋分家ですがねえ、経緯が経緯だ。二軒とも店の権利書が返され、商いがなんとか再開されるそうです」

「寅市が最初から三丁屋一族の商いと蔵の金子を騙し取ろうと仕組んだいんちき賭け将棋ということが分かったんですね」

「親分、ただ今厳しいお調べの最中で真相がはっきりするまでにはもう少し時間がかかりましょうが、大筋の企みは判明したようです。川越藩町奉行も張り切って連日の調べをなされているそうな」

「三丁屋本店はどうなります、隠居」

「平左衛門さんが賭け将棋に身代を注ぎ込んだ張本人です。さあ、どうぞと暖簾を元通りに上げさせるわけにはいきますまい」

「いかにもさようです」

「まあ、当人はやくざの用心棒に斬られて即死して罪を償《つぐな》ったつもりかもしれませんが、そう簡単にお店は再開できそうにない。奉公人も三丁屋に見切りをつけて川越を出たり、他に勤め先を見つけたりしておるそうですからね」

「家族が可哀想《かわいそう》だ」

と清蔵が口を挟んだ。

「そこですよ、清蔵さん」

「へいへい、なんぞお慈悲が藩からございましたか」

「姉娘のおけいに三丁屋本店の味噌油商の鑑札が改めて授けられ、元のお店で細々ながらの商いの目処が立ったそうです」

「大店の姉娘に商いが出来ますかね」

「そこです、仕掛けがございますのさ。三丁屋本店の奉公人の中に一人だけ忠義者の手代がいてね、乗っ取られた後もおけいさん方の力になっていたそうな。此度の探索でも政次さん方を手伝われたそうですよ。商いに馴れないおけいさんにこの手代が力を貸すんじゃないかねえ」

と松六が答え、清蔵はほっと胸を撫《な》で下ろした。

「おけいさんと手代が夫婦になって頑張れば、元の三丁屋本店も夢ではございませんな」

「清蔵さん、夫婦になるならんはちと話が進み過ぎですよ」

と松六が釘《くぎ》を刺した。

「隠居、うちの夫婦話については政次さん、なんぞ書いてきておりませんか」

「川越ではだれが江戸に出るか、祝言に招かれない前から大騒ぎだそうですよ。どうも大挙して佐々木様、園村様、あるいは田崎様方ご家臣が押しかけて来そうな勢いだそうで」

　宗五郎とおみつが顔を見合わせ、

「この家に何人、膳が並べられるかねえ」

　とおみつが隣部屋の広座敷を見渡した。

「この居間も長火鉢なんぞを片付けて、隣座敷の襖《ふすま》を取り払ってくっ付ければ百畳ほどの広さにはなろうか。するていと百人やそこいらはなんとか詰め合わせられよう」

「金座裏の招き客は町人ばかりではない、お武家様もおられるが大丈夫かね」

「お武家様といっても皆入魂の方々ばかりだ。不自由は辛抱して貰おう」

「親分、おみつさん、花嫁御寮はうちから出しますが、よろしいですな」

　と、ここは譲れないとばかりに清蔵が言い出した。

「しほの気持ちを聞いてみねえとなんとも分かりませんが、まず異存はないでしょう」

　と宗五郎が請け合い、当人二人を抜きに祝言の段取りが段々と決まっていった。

川越城下の喜多院は天長七年（八三〇）に慈覚大師円仁によって創建された古刹《こさつ》である。さらに慶長四年（一五九九）に天海《てんかい》僧正が第二十七世住職に就任し、徳川一門の厚い庇護《ひご》を得て、徳川家と深い縁で繫がってきた。

駿府の地で身罷《みまか》った家康は、久能山の霊廟《れいびょう》に一時葬られた後、日光に移されることになった。

徳川幕府の礎《いしずえ》を築いた家康の日光下向に際し、御霊は川越の喜多院に立ち寄っていた。それほどゆかりの深い寺だった。

この喜多院の本堂に川越藩元御番頭にして六百石の家柄の園村権十郎と幾夫婦、勘定奉行四百六十石佐々木利瑛と秋代夫妻、父頼母《たのも》の跡を継いで御目付に就任した静谷理一郎と春菜若夫婦、御徒組頭の田崎九郎太、金座裏の政次、亮吉、船頭の彦四郎、それにしほらが集まり、第三十九世住職天想《てんそう》の読経で、しほの両親の村上田之助と久保田早希を供養する法要が営まれた。

喜多院は川越藩を逐電した納戸役七十石の村上田之助と早希が葬られるような寺ではなかった。江戸で亡くなった二人は変名のままに上野の善立寺に葬られていた。格式高い喜多院に分骨された経緯は、理一郎と春菜の婚礼に呼ばれて川越に来ていたしほと天想が偶然にも知り合ったのが切っ掛けだった。

そんなわけで此度も親戚一同が喜多院に集まり、田崎も家臣を代表して法会に顔を見せてくれた。

その場の長老の園村権十郎が、

「住職、ご苦労でござった。これでな、川越の親戚一同、ようやくしほを嫁に出す役目を幾分なりとも果たしたような気が致す」

と天想に礼を述べた。

「園村の隠居どの、しほさんと愚僧は入魂の間柄でな、しほさんが愚僧を羅漢に見立てた絵を描いてくれたこともある」

「ほう、そのようなことが」

「理一郎様と春菜様の祝言の折のことです」

としほが説明し、天想が、

「このしほさんが江戸で名高い金座裏の若親分に嫁がれるとなれば、ますます当院と縁が深まる。なにしろ金座裏の金流しの十手は、家光様お許しの道具と聞いておりますでな。うちにもほれ、家光様ご誕生の御座敷が移築されてございますし、ご遺影もある。これをご縁に若親分もしほさんも当院を菩提寺と思い、時にはお墓参りに参られませ」

「有難いお言葉にございます」

と施主《せしゅ》のしほが答え、政次と一緒に頭を下げた。

法会が終わった。

政次としほの祝言をしほの一族が正式に認めたことになる。そこでお斎を場を川越城下の料理屋一ノ橋に移して催されることになった。

この場には城代家老の内藤新五兵衛《ないとうしんごべえ》も姿を見せた。

三年前、内藤は次席家老から藩主直恒《なおつね》の抜擢《ばってき》で城代家老に昇進していた。この昇進の背後には先の国家老根島伝兵衛《ねじまでんべえ》一味の長年にわたる藩政専横と賂政治を金座裏の宗五郎が藩を助けて一掃した経緯があった。

また静谷理一郎と春菜の仲人を内藤が務めて、静谷、佐々木の両家と近しい間柄でもあった。

そんなわけで内藤は二重三重に金座裏に親近感を持っていた。元川越藩士の娘のしほがその金座裏に嫁入りするのだ。内藤としては、

「理一郎、お斎の席にそれがしを呼ばぬほうはあるまい。此度の騒ぎを取り静めてくれたのは金座裏の後継というではないか。城代家老のそれがしが直々に礼を申さねば、

江戸の直恒様に怠慢であるとお叱《しか》りを受けるからな」

　と強引に加わったのだ。

「ご家老、恐縮にございます」

　と権十郎が内藤に挨拶した。

「園村の隠居、そのような挨拶はどうでもよいわ」

　と一蹴《いっしゅう》した内藤が政次の前に座り、

「若親分、此度も金座裏の手で川越藩の危難が救われた。過ぐる年は宗五郎どの、此度は若親分と二代にわたり助けられ、川越藩は金座裏に足を向けては寝られぬな。このとおり礼を申す」

　と頭を下げられた政次がさすがに慌てた。

「ご家老、いかにもさようでございますがな。今度はうちの縁戚のしほが金座裏に入るのです。となれば川越藩と金座裏は親戚のような関わりということにはなりませぬか」

「佐々木利瑛、いかにもさようかな。なれば固苦しい挨拶は要らぬかのう。われら、一族じゃからな」

　と改めて政次に満面の笑みを向けた。

「ご家老様、此度、私どもは川越に御用で立ち寄り、ご家中の方々のご助力でなんとかなんとか人ひとりの命を救うことができましてございます。礼を申し述べるのは私どもにございます」

「丁寧な返答痛み入る」

とようやく役目を果たした顔の内藤が、

「政次若親分、村上田之助の娘しほ、宜しゅう頼むぞ」

と今度は親の顔で言い出した。

政次は姿勢を正した。すると傍らのしほもそれに倣《なら》った。

「内藤様、ご一統様に申し上げます。若輩者ではございますが政次、命に代えてもほさんを幸せに致します。今後ともご指導のほど宜しく願い申し上げます」

と政次が返礼し、二人が深々と頭を下げた。

「ご家老、若親分、挨拶はそれくらいでよかろう。それ、酒を持て」

と権十郎が叫び、場が急に賑やかになった。

数日後、新河岸から川越夜船が出港しようとしていた。

胴の間に設けられた寝床に松坂屋の手代の卯助が寝かされ、船縁《ふなべり》には政次、亮吉、彦四郎、それにしほの四人が並んで、河岸で見送る大勢の人々に手を振り、互いに声を掛け合った。

「次は金座裏でお会いしましょう」

「おう、政次若親分、川越から大勢で押しかけて参るでな、宗五郎親分に覚悟のほどをと言付けてくれよ」

と田崎九郎太が叫び、

「昨日、江戸より殿が城代家老の内藤様に手紙を寄越された。そなたに礼をいうついでに江戸の祝言に出たいお気持ちが記されてあったそうな」

「田崎様、冗談は止《や》めて下さい」

はあっ、九十九曲がり　あだではこせぬ
あいよのよ　遠い水路の三十里
あてよのよときて夜下りかい

河岸に船頭の船歌が響いて、川越夜船が水路三十里先の浅草花川戸を目指して動き出した。

「若親分、しほどの、最前の言葉は冗談ではないぞ、直恒様の本心じゃぞ！」

九郎太の返答が船歌の間から聞こえ、見送る側、送られる側の間に段々と水面が広がっていった。

いつの間にか胴の間に寝かされていた卯助も船縁まで這い出てきて頭を下げていた。その肩を政次と彦四郎が支えた。

船に帆が張られた。

櫓が添えられて船足が速まった。

見送りの人々の姿が小さくなり、ついには視界から消えた。

「政次さん、いや、金座裏の若親分、私の命の恩人でございますよ。また三丁屋の掛け金は藩が没収した金子から全額支払っても頂きました。これでなんとか松坂屋の田舎方の役目も果たすことができました。お礼の言葉もございません。このとおりです」

と不自由な体で頭を下げようとする卯助を政次が押し留《とど》めた。

「松坂屋の奉公では卯助さんが三年先輩にございましたな、同じ釜《かま》の飯を食った仲です。朋輩《ほうばい》が助け合うのは当然のことと松坂屋では教えられませんでしたか。そんな言葉は無用です」

と政次がさらりとかわし、笑った。

一行を乗せた川越夜船が初冬へと変わった新河岸川の景色の中、江戸を目指してさらに船足を上げた。

# 佐伯泰英　時代小説　作品リスト（二〇〇七年五月まで）

1　密命　見参！　寒月霞斬り（密命1）祥伝社　1999年1月
2　瑠璃の寺【単行本】（長崎絵師通吏辰次郎）角川春樹事務所　1999年2月
3　密命　弧月三十二人斬り（密命2）祥伝社　1999年9月
4　密命　残月無想斬り（密命3）祥伝社　2000年3月
5　八州狩り　夏目影二郎赦免旅（夏目影二郎1＊）日本文芸社　2000年4月
6　異風者　角川春樹事務所　2000年5月
7　死闘！　古着屋総兵衛影始末（古着屋総兵衛影始末1）徳間書店　2000年7月
8　代官狩り　夏目影二郎危難旅（夏目影二郎2＊）日本文芸社　2000年9月
9　異心！　古着屋総兵衛影始末（古着屋総兵衛影始末2）徳間書店　2000年12月
10　刺客　密命・斬月剣（密命4）祥伝社　2001年1月
11　橘花の仇　鎌倉河岸捕物控（鎌倉河岸捕物控1）角川春樹事務所　2001年3月
12　抹殺！　古着屋総兵衛影始末（古着屋総兵衛影始末3）徳間書店　2001年4月
13　破牢狩り（夏目影二郎3）光文社　2001年5月
14　政次、奔る　鎌倉河岸捕物控（鎌倉河岸捕物控2）角川春樹事務所　2001年6月
15　停止！　古着屋総兵衛影始末（古着屋総兵衛影始末4）徳間書店　2001年7月
16　火頭　密命・紅蓮剣（密命5）祥伝社　2001年8月
17　逃亡　吉原裏同心（吉原裏同心1＊）勁文社　2001年10月
＊2悲愁の剣　長崎絵師通吏辰次郎（長崎絵師通吏辰次郎1）角川春樹事務所　2001年10月
18　妖怪狩り（夏目影二郎4）光文社　2001年11月

19 **熱風！**　古着屋総兵衛影始末（古着屋総兵衛影始末5）徳間書店　2001年12月
20 **御金座破り**　鎌倉河岸捕物控（鎌倉河岸捕物控3）角川春樹事務所　2002年1月
21 **兇刃**　密命・一期一殺（密命6）祥伝社　2002年2月
22 **足抜**　吉原裏同心2（吉原裏同心2＊）勁文社　2002年3月
23 **陽炎ノ辻**　居眠り磐音江戸双紙（居眠り磐音江戸双紙1）双葉社　2002年4月
24 **百鬼狩り**（夏目影二郎5）光文社　2002年5月
25 **朱印！**　古着屋総兵衛影始末（古着屋総兵衛影始末6）徳間書店　2002年6月
26 **暴れ彦四郎**　鎌倉河岸捕物控（鎌倉河岸捕物控4）角川春樹事務所　2002年6月
27 **寒雷ノ坂**　居眠り磐音江戸双紙（居眠り磐音江戸双紙2）双葉社　2002年7月
28 **秘剣雪割り**　悪松・棄郷編（悪松・秘剣1）祥伝社　2002年8月
29 **初陣**　密命　霜夜炎返し（密命7）祥伝社　2002年9月
30 **花芒ノ海**　居眠り磐音江戸双紙（居眠り磐音江戸双紙3）双葉社　2002年10月
31 **下忍狩り**（夏目影二郎6）光文社　2002年11月
32 **雄飛！**　古着屋総兵衛影始末（古着屋総兵衛影始末7）徳間書店　2002年12月
33 **秘剣瀑流返し**　悪松・対決「鎌鼬」（悪松・秘剣2）祥伝社　2002年12月
34 **古町殺し**　鎌倉河岸捕物控（鎌倉河岸捕物控5）角川春樹事務所　2003年1月
35 **雪華ノ里**　居眠り磐音江戸双紙（居眠り磐音江戸双紙4）双葉社　2003年2月
＊17 **流離**　吉原裏同心㈠（吉原裏同心1）光文社　2003年3月
36 **悲恋**　密命・尾張柳生剣（密命8）祥伝社　2003年4月
37 **龍天ノ門**　居眠り磐音江戸双紙（居眠り磐音江戸双紙5）双葉社　2003年5月
38 **五家狩り**（夏目影二郎7）光文社　2003年6月
39 **白虎の剣**　長崎絵師通吏辰次郎（長崎絵師通吏辰次郎2）角川春樹事務所　2003年6月

40 知略！ 古着屋総兵衛影始末（古着屋総兵衛影始末8）徳間書店 2003年7月
41 雨降ノ山 居眠り磐音江戸双紙（居眠り磐音江戸双紙6）双葉社 2003年8月
42 秘剣乱舞 悪松・百人斬り（悪松・秘剣3）祥伝社 2003年9月
＊22 足抜 吉原裏同心㈡（吉原裏同心2）光文社 2003年9月
43 極意 密命・御庭番斬殺（密命9）祥伝社 2003年10月
44 引札屋おもん 鎌倉河岸捕物控（鎌倉河岸捕物控6）角川春樹事務所 2003年10月
45 狐火ノ杜 居眠り磐音江戸双紙（居眠り磐音江戸双紙7）双葉社 2003年11月
＊5 八州狩り（夏目影二郎8）光文社 2003年11月
46 難破！ 古着屋総兵衛影始末（古着屋総兵衛影始末9）徳間書店 2003年12月
47 見番 吉原裏同心㈢（吉原裏同心3）光文社 2004年1月
48 御鑓拝借 酔いどれ小籐次留書（酔いどれ小籐次留書1）幻冬舎 2004年2月
49 朔風ノ岸 居眠り磐音江戸双紙（居眠り磐音江戸双紙8）双葉社 2004年3月
50 遺恨 密命・影ノ剣（密命10）祥伝社 2004年4月
＊8 代官狩り（夏目影二郎9）光文社 2004年4月
51 遠霞ノ峠 居眠り磐音江戸双紙（居眠り磐音江戸双紙9）双葉社 2004年5月
52 交趾！ 古着屋総兵衛影始末（古着屋総兵衛影始末10）徳間書店 2004年6月
53 下駄貫の死 鎌倉河岸捕物控（鎌倉河岸捕物控7）角川春樹事務所 2004年6月
54 清搔 吉原裏同心㈣（吉原裏同心4）光文社 2004年7月
55 意地に候 酔いどれ小籐次留書（酔いどれ小籐次留書2）幻冬舎 2004年8月
56 朝虹ノ島 居眠り磐音江戸双紙（居眠り磐音江戸双紙10）双葉社 2004年9月
57 残夢 密命・熊野秘法剣（密命11）祥伝社 2004年10月
58 鉄砲狩り（夏目影二郎10）光文社 2004年10月

59　無月ノ橋　居眠り磐音江戸双紙（居眠り磐音江戸双紙11）双葉社　2004年11月
60　帰還！　古着屋総兵衛影始末（古着屋総兵衛影始末11）徳間書店　2004年12月
61　初花　吉原裏同心(五)（吉原裏同心5）光文社　2005年1月
62　寄残花恋　酔いどれ小籐次留書（酔いどれ小籐次留書3）幻冬舎　2005年2月
63　探海ノ家　居眠り磐音江戸双紙（居眠り磐音江戸双紙12）双葉社　2005年3月
64　銀のなえし　鎌倉河岸捕物控（鎌倉河岸捕物控8）角川春樹事務所　2005年3月
65　乱雲　密命・傀儡剣合わせ鏡（密命12）祥伝社　2005年4月
66　奸臣狩り（夏目影二郎11）光文社　2005年4月
67　残花ノ庭　居眠り磐音江戸双紙（居眠り磐音江戸双紙13）双葉社　2005年6月
68　変化　交代寄合伊那衆異聞（交代寄合伊那衆異聞1）講談社　2005年7月
69　一首千両　酔いどれ小籐次留書（酔いどれ小籐次留書4）幻冬舎　2005年8月
70　遣手　吉原裏同心(六)（吉原裏同心6）光文社　2005年9月
71　秘剣弧座（悪松・秘剣4）祥伝社　2005年9月
72　夏燕ノ道　居眠り磐音江戸双紙（居眠り磐音江戸双紙14）双葉社　2005年9月
73　追善　密命・死の舞（密命13）祥伝社　2005年10月
74　驟雨ノ町　居眠り磐音江戸双紙（居眠り磐音江戸双紙15）双葉社　2005年11月
75　雷鳴　交代寄合伊那衆異聞（交代寄合伊那衆異聞2）講談社　2005年12月
76　道場破り　鎌倉河岸捕物控（鎌倉河岸捕物控9）角川春樹事務所　2005年12月
77　役者狩り（夏目影二郎12）光文社　2005年12月
78　孫六兼元　酔いどれ小籐次留書（酔いどれ小籐次留書5）幻冬舎　2006年2月
79　螢火ノ宿　居眠り磐音江戸双紙（居眠り磐音江戸双紙16）双葉社　2006年3月
80　紅椿ノ谷　居眠り磐音江戸双紙（居眠り磐音江戸双紙17）双葉社　2006年3月

81 遠謀 密命・血の絆（密命14）祥伝社 2006年4月
82 風雲 交代寄合伊那衆異聞（交代寄合伊那衆異聞3）講談社 2006年6月
83 拾雛ノ川 居眠り磐音江戸双紙（居眠り磐音江戸双紙18）双葉社 2006年6月
84 枕絵 吉原裏同心(七)（吉原裏同心7）光文社 2006年7月
85 騒乱前夜 酔いどれ小籐次留書（酔いどれ小籐次留書6）幻冬舎 2006年8月
86 無刀 密命・父子鷹（密命15）祥伝社 2006年9月
87 梅雨ノ蝶 居眠り磐音江戸双紙（居眠り磐音江戸双紙19）双葉社 2006年9月
88 埋みの棘 鎌倉河岸捕物控（鎌倉河岸捕物控10）角川春樹事務所 2006年9月
89 秋帆狩り（夏目影二郎13）光文社 2006年10月
90 邪宗 交代寄合伊那衆異聞（交代寄合伊那衆異聞4）講談社 2006年11月
91 秘剣流亡（悪松・秘剣5）祥伝社 2006年12月
92 野分ノ灘 居眠り磐音江戸双紙（居眠り磐音江戸双紙20）双葉社 2007年1月
93 鯖雲ノ城 居眠り磐音江戸双紙（居眠り磐音江戸双紙21）双葉社 2007年1月
94 子育て侍 酔いどれ小籐次留書（酔いどれ小籐次留書7）幻冬舎 2007年2月
95 炎上 吉原裏同心(八)（吉原裏同心8）光文社 2007年3月
96 荒海ノ津 居眠り磐音江戸双紙（居眠り磐音江戸双紙22）双葉社 2007年4月
97 阿片 交代寄合伊那衆異聞（交代寄合伊那衆異聞5）講談社 2007年4月
98 代がわり 鎌倉河岸捕物控（鎌倉河岸捕物控11）角川春樹事務所 2007年5月
99 烏鷺 密命（密命16）祥伝社 2007年6月
100 初心 密命（密命17）祥伝社 2007年6月

再版（単行本の文庫化を含む）

＊2**悲愁の剣　長崎絵師通吏辰次郎**（長崎絵師通吏辰次郎1）角川春樹事務所　2001形10月　1999年2月／2『**瑠璃の寺**』角川春樹事務所　1999年2月刊の文庫化に際し改題。

＊5**八州狩り**（夏目影二郎8）光文社　2003年11月／5『**八州狩り　夏目影二郎赦免旅**』（夏目影二郎1）日本文芸社　2000年4月刊の再版。

＊8**代官狩り**（夏目影二郎9）光文社　2004年4月／8『**代官狩り　夏目影二郎危難旅**』（夏目影二郎2）日本文芸社　2000年9月刊の再版。

＊17**流離　吉原裏同心㈠**（吉原裏同心1）光文社　2003年3月／17『**逃亡**』（吉原裏同心1）勁文社　2001年10月刊の改題再版。

＊22**足抜　吉原裏同心㈡**（吉原裏同心2）光文社　2003年9月／22『**足抜**』（吉原裏同心2）勁文社　2002年3月刊の改題再版。

本書はハルキ文庫（時代小説文庫）の書き下ろしです。

時代小説文庫
さ 8-17

代《だい》がわり 鎌《かま》倉《くら》河《が》岸《し》捕《とり》物《もの》控《ひかえ》

著者 佐《さ》伯《えき》泰《やす》英《ひで》
2007年6月8日第一刷発行
2007年6月18日第二刷発行

発行者 大杉明彦

発行所 株式会社 角川春樹事務所
〒101-0051 東京都千代田区神田神保町3-27 二葉第1ビル

電話 03(3263)5247[編集] 03(3263)5881[営業]

印刷・製本 中央精版印刷株式会社

フォーマット・デザイン&シンボルマーク 芦澤泰偉


ISBN978-4-7584-3292-4 C0193 
http://www.kadokawaharuki.co.jp/[営業]
fanmail@kadokawaharuki.co.jp[編集] ご意見・ご感想をお寄せください。

時代小説文庫

佐伯泰英

# 橘《きっ》花《か》の仇　鎌倉河岸捕物控

書き下ろし

江戸鎌倉河岸にある酒問屋の看板娘・しほ。ある日武州浪人であり唯一の肉親である父が斬殺されるという事件が起きる。相手の御家人は特にお構いなしとなった上、事件の原因となった橘の鉢を売り物に商売を始めると聞いたしほの胸に無念の炎が宿るのだった……。しほを慕う政次、亮吉、彦四郎や、金座裏の岡っ引き宗五郎親分との人情味あふれる交流を通じて、江戸の町に繰り広げられる事件の数々を描く連作時代長篇。

佐伯泰英

# 政次、奔《はし》る　鎌倉河岸捕物控

書き下ろし

江戸松坂屋の隠居松六《しょうろく》は、手代政次を従えた年始回りの帰途、剣客に襲われる。襲撃時、松六が漏らした「あの日から十四年……亡霊が未《いま》だ現われる」という言葉に、かつて幕閣を揺るがせた若年寄田沼《たぬま》意知《おきとも》暗殺事件の影を見た金座裏の宗五郎《そうごろう》親分は、現在と過去を結ぶ謎の解明に乗り出した。一方、負傷した松六への責任を感じた政次も、ひとり行動を開始するのだが——。鎌倉河岸を舞台とした事件の数々を通じて描く、好評シリーズ第二弾。

時代小説文庫

佐伯泰英
## 御金座破り
鎌倉河岸捕物控

書き下ろし

戸田川の渡しで金座の手代・助蔵の斬殺死体が見つかった。小判改鋳に伴う任務に極秘裏に携わっていた助蔵の死によって、新小判の意匠が何者かの手に渡れば、江戸幕府の貨幣制度に危機が――。金座長官・後藤庄三郎から命を受け、捜査に乗り出した金座裏の宗五郎……。鎌倉河岸に繰り広げられる事件の数々と人情模様を描く、好評シリーズ第三弾。

佐伯泰英
## 暴れ彦四郎
鎌倉河岸捕物控

書き下ろし

亡き両親の故郷である川越に出立することになった豊島屋の看板娘しほ。彼女が乗る船まで見送りに向かった政次、亮吉、彦四郎の三人だったが、その船上には彦四郎を目にして驚きの色を見せる老人の姿があった。やがて彦四郎は謎の刺客集団に襲われることになるのだが……。金座裏の宗五郎親分やその手先たちとともに、彦四郎が自ら事件の探索に乗り出す！　鎌倉河岸捕物控シリーズ第四弾。

## 佐伯泰英
# 古町《こまち》殺し 鎌倉河岸捕物控

書き下ろし

徳川家康・秀忠に付き従って江戸に移住してきた開幕以来の江戸町民、いわゆる古町町人が、幕府より招かれる「御能拝見」を前にして立て続けに殺された。自らも古町町人である金座裏の宗五郎をも襲う刺客の影！ 将軍家御目見得格の彼らばかりが狙われるのは一体なぜなのか？ 将軍家斉も臨席する御能拝見に合わせるかのごとき不穏な企みが見え隠れするのだが……。鎌倉河岸捕物控シリーズ第五弾。

## 佐伯泰英
# 引札屋おもん 鎌倉河岸捕物控

書き下ろし

「山なれば富士、白酒なれば豊島屋」とうたわれる江戸の老舗酒問屋の主・清蔵。店の宣伝に使う引札を新たにあつらえるべく立ち寄った引札屋で出会った女主人・おもんに心惹かれた清蔵はやがて……。鎌倉河岸を舞台に今日もまた、さまざまな人間模様が繰り広げられる──。金座裏の宗五郎親分のもと、政次、亮吉たち若き手先が江戸をところせましと駆け抜ける！ 大好評書き下ろしシリーズ第六弾。

時代小説文庫

## 下駄貫の死　鎌倉河岸捕物控

佐伯泰英

書き下ろし

松坂屋の隠居・松六夫婦たちが湯治旅で上州伊香保へ出立することになった。一行の見送りに戸田川の渡しへ向かった金座裏の宗五郎と手先の政次・亮吉らだったが、そこで暴漢たちに追われた女が刺し殺されるという事件に遭遇する……。金座裏の十代目を政次に継がせようという動きの中、功を焦った手先の下駄貫を凶刃が襲う！　悲しみに包まれた鎌倉河岸に振るわれる、宗五郎の怒りの十手――新展開を見せはじめる好評シリーズ第七弾。

## 銀のなえし　鎌倉河岸捕物控

佐伯泰英

書き下ろし

〝銀のなえし〟――ある事件の解決と、政次の金座裏との養子縁組を祝って贈られた捕物用の武器だ。宗五郎の金流しの十手とともに江戸の新名物となる、と周囲が騒ぐのをよそに冷静に自分の行く先を見つめる政次。そう、町にはびこる悪はあとを絶つことはないのだ。宗五郎親分のもと、亮吉・常丸、そして船頭の彦四郎らとともに、ここかしこに頻発する犯罪を今日も追い続ける政次たちの活躍を描く大好評シリーズ第八弾！

時代小説文庫

## 佐伯泰英
# 異風者《いひゅもん》

書き下ろし

異風者《いひゅもん》——九州人吉《ひとよし》では、妥協を許さぬ反骨の士をこう呼ぶ。人吉藩の下級武士・彦根源二郎は〝異風〟を貫き、剣ひとつで藩内に地位を築いていく。折しも藩は、守旧派と改革派の間に政争が生じていた。守旧派一掃のため江戸へ向かう御側用人・実吉作左ヱ門警護の任についた源二郎だったが、それは長い苦難の始まりでもあった……。幕末から維新を生き抜いた一人の武士の、執念に彩られた人生を描く書き下ろし時代長篇。

## 佐伯泰英
# 悲愁の剣
### 長崎絵師通吏辰次郎

長崎代官の季次《すえつぐ》家が抜け荷の罪で没落——。季次家を主家と仰ぎ、今は海外放浪の身にある南蛮絵師・通吏辰次郎《とおりしんじろう》はその報せに接し、急ぎ帰国するが当主・茂智、茂之父子や、茂之の妻であり辰次郎の初恋の人でもあった瑠璃《るり》は、何者かに惨殺されていた。お家再興のため、茂之の遺児・茂嘉を伴って江戸へと赴いた辰次郎に次々と襲いかかる刺客の影! 一連の事件に隠された真相とは……。運命に翻弄される者たちの奏でる哀歌を描く傑作時代長篇。

（解説・細谷正充）

時代小説文庫

## 佐伯泰英
# 白虎の剣
### 長崎絵師通吏辰次郎

書き下ろし

陰謀によって没落した主家の仇を討った御用絵師・通吏辰次郎《とおりしんじろう》。主家の遺児・茂嘉とともに、江戸より故郷の長崎へ戻った彼は、オランダとの密貿易のために長崎会所から密命を受けたその日に、唐人屋敷内の黄巾党《こうきんとう》なる秘密結社から襲撃される。唐・オランダ・長崎……貿易の権益をめぐって暗躍する者たちと辰次郎との壮絶な死闘が今、始まる！　『悲愁の剣』に続くシリーズ第二弾、待望の書き下ろし。

（解説・細谷正充）

## 佐伯泰英
# 道場破り
### 鎌倉河岸捕物控

書き下ろし

赤坂田町の神谷道場に一人の訪問者があった。朝稽古中の金座裏の若親分・政次が応対にでると、そこには乳飲み子を背にした女武芸者の姿が……。永塚小夜と名乗る武芸者は道場破りを申し入れてきたのだ。木刀での勝負を受けた政次は、小夜を打ち破るも、赤子を連れた彼女の行動に疑念を抱いていた。やがて、江戸に不可解な道場破りが続くようになるが――。政次、亮吉、船頭の彦四郎らが今日も鎌倉河岸を奔る、書き下ろし好評シリーズ第九弾！

時代小説文庫

## 高橋直樹
# 平将門 黎明《れいめい》の武者《つわもの》（上）

坂東の地に屹立する一人の武者がいた。男の名は平小次郎将門。下総国で勢力を見せ付ける将門の許へ、朝廷からの使者が現れた。嫌がらせとも思える徴税を告げる使者を追い払った将門は、やがて朝廷や国府と対立していくことになる。将門を滅ぼさんとし、様々な罠をしかけてくるのは、敵対勢力だけではなかった――。そして、武者としての生き様を貫こうとする将門に、立ちふさがったのは、将門を父の仇とする平貞盛だった。長篇歴史小説の傑作、ついに文庫化！（全二巻）

## 高橋直樹
# 平将門 黎明《れいめい》の武者《つわもの》（下）

勢力を拡大する将門の許に、またひとり名簿《みょうぶ》を捧げたいと願い出る者が現れた。藤原玄茂《はるもち》は、理不尽な国府の徴税に対して反抗し、将門を頼ってきたのだ。だが、玄茂を受け入れることは、平貞盛と坂東平氏を敵に回すことを意味する。自ら戦うことを選んだ将門は、坂東から凄絶な乱を起こしていく。独立して新国家を築くのか、天皇の将軍としてのし上がるのか。武者として生き抜く将門の命運は――。著者畢生の長篇歴史小説、完結篇。（全二巻）